Sophie Frey

Sinnesrausch

Frivoles Kopfkino

Sophie Frey

Sinnesrausch

Frivoles Kopfkino

Kurzgeschichten

2022 | BoD – Books on Demand, Norderstedt

Impressum

Text / Inhalt / Cover: © 2022 Sophie Frey

Text Lyrik: © 2022 Sophie Frey / Mathias Hein

Fotos: Pixoom Photographie
Geschäftsinhaber Tobias Schulz

Herstellung / Verlag: BoD – Books on Demand, Norderstedt

ISBN: 978-3-7557-8499-9

Bibliografische Information der Deutschen Nationalbibliothek: Die Deutsche Nationalbibliothek verzeichnet diese Publikation in der Deutschen Nationalbibliografie; detaillierte
bibliografische Daten sind im Internet über dnb.dnb.de abrufbar.

Inhaltsverzeichnis

Zarte Augenblicke

Klingel | 10
Parkbank | 11
Waschanlage | 12
27 °C | 13

Sanfte Verführung

Fahrstuhl | 20
Treppe | 22
Morgendämmerung | 25
Trenchcoat | 28
04:17 Uhr | 30
Telefonkonferenz | 32
Dienstreise | 34
Massage | 38
Shooting | 40

Sinnliche Hingabe

Kamin | 48
Billardtisch | 50
Blau | 54
Spieleabend | 56
Werkstatt | 58
Black | 60
FFM | 63
Zimmer 374 | 64
FFFM | 67
Businessmeeting | 68
Lobby | 70
NightClub | 72

Sin(n)fonische Ästhetik

Lyrik | 84
Songs | 92

Ein leidenschaftlicher Tanz
auf der Grenze der Moral

Ein Jahr voller Abenteuer, der Möglichkeit Begegnungen mit fantastischen Menschen erleben zu dürfen, unfassbar bereichernden Erlebnissen und von ganz viel Mut geprägten ersten Schritten haben mich dazu inspiriert, all mein übersprudelndes frivoles Kopfkino in Worte zu ergießen. Der geduldigste und liebevollste Herzensmensch an meiner Seite bestärkte mich stets und ständig auf meinem Weg kopfüber in dieses Wagnis. Das Wagnis, sich dem Partner zu offenbaren, Wünsche und Sehnsüchte zu ergründen, neugierig den Horizont zu erweitern und Schritt für Schritt in eine Parallelwelt einzutauchen. Fernab von gängigen Konventionen und gesellschaftlichen Normativen bin ich unendlich dankbar für den Freiraum der mir eröffnet wurde und ich es genießen darf, mich völlig neu zu entdecken. Auszuprobieren. Hineinzufühlen. Mich dem Sinnesrausch hinzugeben und in berauschenden Wellen davontragen zu lassen. Anzukommen.

Der konstanten Hartnäckigkeit eines sehr vertrauten Freundes ist es zu verdanken, dass dieses Buch den Weg in deine Hände findet. Mit sanftem Druck wurde ich ermutigt all dies zu veröffentlichen, um aufzuzeigen, dass die ureigensten Sehnsüchte es wert sind, den Mut zur Kommunikation aufzubringen, das Abenteuer zu wagen und für sich selbst einzustehen.

Gib mir deine Hand, begleite mich auf diese Reise …

Sophie

Zarte

Augenblicke

Klingel

Die Parklücke ist verdammt eng und doch hat sie das Auto geschickt eingeparkt. Leichter Nieselregen bedeckt die Frontscheibe, es ist kühl im Wagen. Sie zittert, die Finger sind kalt. Es ist nicht die aufsteigende Herbstkälte, es ist die Vorahnung auf das Ungewisse, den verborgenen Reiz, das Verbotene. Spät ist es geworden, ein kleines Zeitfenster bleibt ihr dennoch bis sie zurück nach Hause muss. In der Hand das Handy und die Entscheidung für welchen Verlauf des Abenteuers sie sich entscheidet. Bauchgefühl. Kopf aus. Wieder auf die eigenen Gefühle vertrauen und sich hingeben. Dieses Kribbeln im Bauch, die nervöse Unruhe, der ganze Körper zittert, der Kloß im Hals und das aufsteigend pulsierende Verlangen nach fremder Haut.

Ein Anruf, die Entscheidung steht und sie steigt aus. Durch die Dunkelheit geht sie durchs Viertel zum Haus, das leise Klackern der Stiefel hallt durch die Straße, ihr Kleid weht im Windhauch. Sie fischt den Schlüssel aus der Tasche, geht zum Fahrstuhl, fährt weiter als gewöhnlich und steht vor seiner Tür. Alles andere ausgeblendet, nur dieser Augenblick vor der verschlossenen Tür. Das Herz klopft bis zum Hals, sie hört das Blut in den Ohren rauschen. Die Finger auf der Klingel. Sollte sie doch einen Rückzieher machen, die Vernunft walten lassen, sich davonschleichen? Zurück ins sichere Alltagsleben, den festen Hafen, flüchten? Oder doch auf das Bauchgefühl hören? Sie klingelt. Im Kopf noch völlig überfordert vom eigenen Mut öffnet er die Tür. Ihre Blicke sind tief, sprechen für sich, es bedarf keiner Worte. Während er leise hinter ihr die Tür schließt, zieht sie langsam am Reißverschluss ihres Kleides …

Parkbank

Dicke weiße Flocken schweben durch die Luft, tanzen und frohlocken mit den Sonnenstrahlen, die sich ihren Weg durch die Wolkendecke bahnen. Hauchzart bedeckt eine glitzernde Schneedecke die Wiesen und Wege im Park. Innerlich aufgewühlt und leicht angespannt warte ich wie verabredet an der linken Bank vorm Zooschaufenster auf ihn. Wird es sein wie in den unzähligen Tagträumen, denen ich mich hingab und die Erregung sichtlich genoss? In Gedanken versunken beobachte ich die vorbei spazierenden Passanten als sich mir ein attraktiver Mann mit charmantem Lächeln zielstrebig nähert. Seine Ausstrahlung zieht mich sofort in den Bann, mein Herz schlägt kräftig in der Brust. Noch bevor ich einen klaren Gedanken fassen kann steht er vor mir.

Seine Augen leuchten und bei einer kurzen Umarmung fällt mir positiv sein anziehender Geruch auf. Nah beieinander gehen wir eine kleine Runde durch den Park, die Sympathie und knisternde Spannung ist regelrecht greifbar. Der Schnee knirscht unter meinen Füßen und das Gespräch ist angenehm leicht. Nach einer Weile nehme ich seine Hand, wir bleiben stehen, unsere Lippen finden sich. Der ersten zaghaften Berührung folgt ein inniger Kuss, das Verlangen steigt in mir auf und das Kribbeln überlagert die Aufregung. Er zieht mich sacht an sich, streicht mir durch die Haare und bringt mich mit einem intensiven, leidenschaftlichen Kuss schier um den Verstand.

Hand in Hand nehmen wir die Abzweigung ins Viertel. Die Laternen erleuchten und tauchen den Winterhimmel in ein weiches, gelbes Licht. Der Wind pfeift durch die Straßen, erst jetzt bemerke ich die aufsteigende Kälte. Ein paar hundert Meter später stehen wir vor meiner Wohnungstür. Noch während sich der Schlüssel im Schloss dreht, spüre ich seine großen Hände in festem Griff an meinem Po. Den langen Flur entlang zum Bad säumen die Kleidungsstücke das Parkett, zitternd vor Kälte und Begierde ziehen wir uns stürmisch aus. Die bodentiefe große Dusche mit breiter Glaswand bietet mit ihrem Regenduschkopf den idealen Ort zum Aufwärmen. Etwas unbeholfen stehen wir unter dem heißen Wasserstrahl, genießen die ersten zaghaften Berührungen. Es vergehen Minuten eng umschlungen, bis wir uns flüchtig abtrocknen und dem Abend seinen Lauf lassen ...

Waschanlage

Eine betriebsame Hektik und der typische Geruch des Reinigungsmittels liegt in der Luft, als ich an diesem Vormittag in der Schlange der Waschanlage anstehe. Die Sonne brennt vom Himmel, zaubert im Sprühnebel der Anlage viele kleine tanzende Regenbögen. Im Schneckentempo geht es voran, ich drehe die Musik lauter, mache es mir bequem und vertreibe mir die Zeit beim Storys schreiben. Vor mir im dunkelblauen BMW blitzt mich hin und wieder ein freundliches Lächeln im Rückspiegel an. Schätze er ist Mitte vierzig, dunkle und schön gestylte kurze Haare, Sonnenbrille. Auch er scheint gut gelaunt die Wartezeit zu genießen, statt sich zu ärgern. Eine halbe Stunde später fährt er zur Vorwäsche rein und während sein Auto von den Bürsten verschlungen wird, bekomme ich einen Kloß im Hals als er aussteigt. Groß, sportlich schlank, ausdrucksstarke Ausstrahlung, legerer Businesslook.

Der freundliche Mitarbeiter tritt an meinen Stoßfänger, schäumt meinen Wagen ein, macht eine sehr gründliche Vorwäsche und ich rutsche ungeduldig auf dem Sitz hin und her. Minuten später fahre ich endlich auf die Schleppkette, steige aus und schlendere gut gelaunt zum Ausgang. Als ich ankomme wartet er bereits vor der Schiebetür, das Rolltor geht auf, lautstark legt das Gebläse einen enormen Geräuschteppich über uns. Auf der anderen Seite der Schiebetür bleibe ich stehen, wir tauschen gelegentlich verstohlene Blicke aus. Immer wieder bleibe ich an seinen Oberarmen und Lippen hängen, mein Kopfkino läuft auf Hochtouren, mein Grinsen wird beständig breiter. Meine Gedanken überschlagen sich. Nehme ich allen Mut zusammen, trete durch die Schiebetür und schaue was passiert? Einen Moment zu lange habe ich gezögert. Als ich einen Schritt nach vorn gehe und der Sensor die Tür aufschiebt, steigt er ein, schließt die Tür und schnallt sich an. Unsere Blicke treffen sich erneut. Eine Sekunde länger als gewöhnlich üblich halten wir den Blickkontakt, ein heftiges Kribbeln breitet sich in mir aus, zeitgleich lächeln wir uns vielsagend an. Ich hebe die Hand für einen kurzen Gruß und sehe wie er die Lippen deutlich zu einem „Hallo" formt, gefolgt von einem noch charmanteren Grinsen und strahlenden Augen. Er fährt los, schaut im Spiegel zurück. Das Rolltor öffnet sich erneut und schiebt mein Auto von lautem Gebläse begleitet heraus …

27 °C

Obwohl es bereits später Abend ist, ist es nach wie vor sehr heiß, die Luft steht in der Wohnung. Die Fenster weit geöffnet, alle Lichter sind aus und der Ventilator verschafft zumindest einen kleinen angenehmen Lufthauch auf der klebrigen Haut. Im Dunkeln bemerke ich sofort das aufleuchtende Display meines Handys. Allein den Absender zu lesen lässt meine Finger über den Bildschirm fliegen. Nachricht eins: Bild eines großen Pools im Garten mit herrlich hellblauem, klarem Wasser. Nachricht zwei: Bild eines Thermometers im Pool - 27 °C. Nachricht drei: „Wir konnten der Versuchung einer spätabendlichen Abkühlung nicht widerstehen". Nachricht vier: „Leistest du uns spontan Gesellschaft?!?". Kurzentschlossen antworte ich „Gebt mir 15 Minuten...", schnappe mir den Autoschlüssel und begebe mich mit einem ausgeprägten, nervös kribbelnden Gefühl im Bauch auf den Weg.

Kurz darauf parke ich in der Einfahrt, folge dem beleuchteten Weg ums Haus herum in den Garten und sehe beide entspannt mit einem Glas eiskaltem Champagner in der Hand leidenschaftlich küssend im Pool. Als sie mich bemerken leuchten ihre Augen auf, ich bleibe stehen, wir halten Blickkontakt. Langsam greife ich hinter mich, öffne mein luftiges Sommerkleid, lasse es zu Boden gleiten. Während ich Schritt für Schritt weiter auf sie zugehe, säumt nun auch meine Unterwäsche den Pfad. Noch immer kein Wort wechselnd und im Blickkontakt gefesselt, bedeuten sie mir zu ihnen zu kommen. Dieser Einladung folge ich ausgesprochen gern, steige die kleine Leiter hinab ins erfrischende Wasser und zucke kurz zusammen, als das kühle Nass meinen Bauchnabel umspielt. In ihrer Mitte angekommen zieht sie mich an sich. Während seine Hand zu meinem Po hinab gleitet, küsst sie mich ebenso leidenschaftlich wie zuvor ihren Mann, beißt mir erst zaghaft auf die Lippen, wandert dann mit dem Mund hinab zu meinen Brüsten, lässt ihre Hände meine Hüften umspielen. Er genießt es sichtlich unser Spiel zu beobachten. Allein der prall leuchtende Vollmond ist Zeuge unserer lauen Sommernacht im erfrischend kühlen Nass ...

Sanfte

Verführung

Fahrstuhl

An diesem Donnerstagabend schiebe ich mein Fahrrad durch die kleine Tür raus auf den Gehweg, schließe die Tür zweimal ab, schwinge mich aufs Rad und fahre mit einem breiten Schmunzeln und einer gehörigen Portion Aufregung in die Stadt. Der junge Mann neben mir an der Ampel schaut mich etwas verlegen lächelnd an, bis ich den Grund dafür bemerke. Mein Trenchcoat ist durchs Radfahren ein paar Zentimeter nach oben gerutscht, hat mein Kleid ebenfalls ein kleines Stückchen hochgeschoben und offenbart nun mein kleines Geheimnis. Während es mir noch recht unangenehm ist, scheint er den Anblick meiner schwarzen halterlosen Strümpfe und Strapse zu genießen und wirkt abgetaucht ins Kopfkino. Die Ampel wird grün, ich lächele zurück, ziehe Kleid und Trench brav runter und radele weiter. Wenige Minuten später schließe ich mein Fahrrad vor dem vereinbarten Hotel an, trete durch die Glastür in die Lobby und checke ein. Während ich im Fahrstuhl stehe und auf die 4 drücke, leuchtet mein Handy auf, er hat sein Fahrrad ebenfalls angeschlossen und wartet auf ein Zeichen von mir. In der vierten Etage angekommen drücke ich wieder auf E, unten öffnet sich die Fahrstuhl-tür und wie in Zeitlupe erblicke ich ihn. Er steht vor dem Eingang, der Sensor schiebt die Glastür auf, straighten Schrittes kommt er durch die Lobby direkt auf mich zu. Ein bisschen fühle ich mich wie im Film, ein erstarrtes Kaninchen, kann meinen Blick nicht von ihm lassen, versinke in seiner anziehenden selbstbewussten Ausstrahlung und bin unfähig etwas zu sagen oder mich zu bewegen. Während sich hinter ihm die Türen des Fahrstuhls schließen, stellt er sich so dicht neben mich, dass es mir, bei der Vorahnung dessen was gleich passieren wird, für einen Moment die Sinne vernebelt.

Wir stehen vor Zimmer 402, meine Hände zittern vor Aufregung, ich halte die Karte an und das wohlbekannte Summen ertönt. Tief hole ich Luft, bevor sich mit dieser Tür für die nächsten Stunden eine neue lustvolle Abenteuerwelt eröffnet. Wir stehen im kleinen Flur und ziehen eilig die Jacken aus. Durch und durch sportlich gekleidet lässt sein enganliegendes Shirt seinen definierten Oberkörper erahnen, ohne jedoch zu viel preiszugeben. Dieses Leuchten seiner stahlblauen Augen zieht mich magisch in den Bann, versetzt mich gepaart mit seinem schelmischen Lächeln und dem unverkennbaren

Sexappeal in eine absurde Mischung von Nervosität und Alteration, die jedoch von purer Vorfreude und Erregung überlagert wird. Meine Knie sind weich, in meinem Kopf dreht sich alles, ich versuche mich bewusst auf ihn und den Moment zu konzentrieren. Er mustert mich in meinem schlichten Etuikleid mit den High Heels, sein Blick spiegelt die elektrisierende Spannung zwischen uns wider. Vor dem Bett stehend drückt er mich mit einer Selbstverständlichkeit an die Wand, die stark und zärtlich zugleich ist. Meine Hände nach oben gegen die Wand pressend küsst er mich, fordernd, spielerisch, neckend. Eine Hand wandert über meinen Körper, zeichnet die Konturen nach. Sein Gesicht ist entspannt, dennoch kann ich deutlich sehen und spüren wie er es genießt mich zu berühren, sein Atem streift meinen Hals und versetzt mich in Ekstase. Es kostet mich Überwindung ihn gewähren zu lassen, nicht übereilig meinem drängenden Impuls nachzugeben ihn seiner Kleidung zu entledigen, seinen Körper küssend Stück für Stück zu erkunden und meine Hände auf die Reise zu schicken.

Ob ich mich kurz einmal für ihn drehen könnte, reißt er mich liebevoll auffordernd aus meiner verruchten Phantasiewelt. Er hält nach wie vor meine Hände fest, zieht mich leicht von der Wand weg zur Raummitte hin, hebt eine Hand in die Höhe, dreht mich sacht. Ich fühle mich wie die tanzende Ballerina einer Schmuckschatulle, spüre wie mir die Röte aufsteigt. Ich setze mich auf die Bettkante, er steht vor mir, greift hinter mich, zieht langsam am Reißverschluss und mir das Kleid aus. Schwarze Spitze bedeckt hauchzart meine vor Begehren harten Nippel, die schmalen Stoffbahnen gewähren großzügige Ein- und Ausblicke, während der Strapsgürtel die halterlosen Strümpfe und meine Hüfte umgarnt. Seine aufsteigende Lust präsentiert sich sehr verlockend vor mir und ich kann nicht widerstehen, ihm beim Ausziehen zur Hand zu gehen. Der Hakenverschluss in meinem Nacken ist mit einem geschickten Handgriff geöffnet und auch seine enganliegenden Boxershorts landen in der Ecke. Ich will mehr, will ihn schmecken, fühlen. Noch immer auf der Bettkante sitzend nehme ich die sich mir entgegenstreckende pralle Einladung zu gern an. Mit größter Freude genieße ich es, ihn ausgiebig mit meinem Mund, meiner Zunge, meinen Händen um den Verstand zu bringen. Sein berauschter Gesichtsausdruck verleiht einen süchtig machenden Nachhall ...

Treppe

Es kommt immer anders, als man denkt, so sagt man. Und so finde ich mich an einem Donnerstagabend im Auto wieder, fahre stadtauswärts, drehe die Musik lauter und singe lauthals mit. Der Song geht ins Ohr, meine ohnehin gute Laune schlägt ins überfließende Glücksgefühl um, ich lächele in mich hinein und sauge die entspannte Atmosphäre der Stadt bei Dunkelheit auf. Dass ausgerechnet der einsetzende Schneefall meine Pläne über den Haufen wirft und mir einen wahnsinnig schönen Abend beschert, hätte ich noch wenige Stunden vorher nicht zu ahnen vermocht. Ein kleiner Spaziergang im Park für ein kurzes erstes Kennenlernen, unverbindlich, so waren wir verblieben. Nicht mehr und nicht weniger. Indes parke ich gegenüber seines Hauses ein, bis auf ein kleines Licht am linken Fenster ist alles dunkel, ich laufe durch den kleinen Spalt im Eingangstor und stehe vor seiner Tür. Die feuchtkalte Winterluft umhüllt mich, der Schnee knirscht unter meinen Schuhen. Die große dunkelgraue Tür öffnet sich und er steht da, lächelt charmant, bittet mich herein. In meinem Kopf überschlägt sich alles, mein Herz beginnt zu rasen und ich hoffe inständig nicht knallrot anzulaufen. Mit vielem hätte ich gerechnet, aber dass er so viel attraktiver als auf den Bildern ist und sofort dieses „Oh mein Gott" Gefühl in mir auslöst, lässt mich innerlich beben und verlangt volle Konzentration, um trotz meiner schlagartig einsetzenden Begierde eine zumindest halbwegs glaubhafte Souveränität auszustrahlen.

Eine flüchtige Umarmung zur Begrüßung, ich streife Jacke und Schuhe ab und folge ihm in die Küche. Sehr freundlich fragt er mich, ob ich ein Glas Wein mit ihm trinken möchte. Grinsend frage ich ihn, ob er sich bewusst sei, dass der Abend dann länger als geplant werden würde, da ich später noch zurückfahren müsste. Er füllt zwei Gläser mit Rotwein, einer eindeutigeren Antwort bedurfte es nicht. Er lädt mich ein es uns im Wohnzimmer bequem zu machen, wir setzen uns über Eck, schauen uns mit diesem gewissen Blick der Vorfreude an und erheben die Gläser auf einen schönen Abend. Über die großen Panoramafenster fällt der Mondschein ein und ergänzt die schöne Lichtstimmung. Mir fällt mit jeder Minute mehr auf, wie anziehend er ist, welch selbstbewusste Ruhe von ihm ausgeht und meine Blicke bleiben an seinem wohldefinierten Oberkörper hängen, welcher sich zart unter seinem Shirt abzeichnet. Ich genieße seine entspannte Ausstrahlung, seine sanfte Stimme, seine wohlwollende Wortwahl. Der Wein ist ein Genuss, die Unterhaltung verläuft angenehm leicht und die Zeit vergeht im positiven Sinne langsam. Er fragt, ob wir ein weiteres Glas Wein zur Fortführung unseres Gespräches trinken möchten und erneut frage ich ihn grinsend, ob er sich bewusst sei, dass der Abend dann länger als geplant werden würde, da ich später noch zurückfahren müsste. Ich stehe am Fenster und genieße den Ausblick in den Sternenhimmel, als er mit zwei gefüllten Gläsern aus der Küche zurückkehrt. Einer eindeutigeren Antwort bedurfte es nicht. Als wir uns erneut auf die Couch setzen ist der Abstand deutlich geringer, es fühlt sich gut an ihm so nah zu sein. Er trägt dunkle Jeans und ein schlichtes weißes T-Shirt, sein Bizeps zeichnet sich deutlich ab, ich kann meine Blicke kaum von seinem Hals und den durchtrainierten Armen lassen. Mir fällt sein sehr kosmopolitisch angehauchter Geruch auf und ich habe alle Mühe seinen Worten zu folgen, während ich genau jetzt zu gern seine Lippen schmecken und seinen Hals küssen würde, hinab wandern unter sein Shirt, langsam seine Hose öffnen und in meinem Mund genussvoll spüren wie sein Penis hart wird, während ich ihn zärtlich mit Lippen und Zunge umspiele.

Seine Hand auf meinem Oberschenkel holt mich sanft zurück in die Realität. Er beugt sich zu mir und fragt mit neugierigem Unterton, ob wir testen wollen, ob die Chemie zwischen uns stimmt. Einem zaghaften Kuss folgt der nächste, eindringlichere, ich spüre wie das Verlangen in mir aufsteigt, das Kribbeln zwischen meinen Oberschenkeln pulsiert. Wir stellen die Gläser auf den Tisch. Unsere Hände erkunden, die Küsse werden leidenschaftlicher. Er sieht mir liebevoll in die Augen und sagt, er würde mich gern mehr spüren. Ob es für mich okay wäre mit ihm hoch ins Schlafzimmer zu gehen. Ich nicke, völlig überwältigt vom Verlauf des Abends und durchströmt von Hormonen fühlt es sich fast an, als wären es deutlich mehr Gläser gewesen. Die breite Treppe ist indirekt seitlich beleuchtet, das sanfte Licht lässt das Holz der Treppen-stufen weicher wirken. Wie alles in diesem Haus ein Zeugnis von herausragendem Stil und einem exzellenten Gespür bei der Einrichtungs-wahl. Ich laufe vorweg, in Gedanken erliege ich der Versuchung auf dem Weg nach oben meine Bluse zu öffnen und sanft zu Boden gleiten zu lassen, meine Hose zu öffnen und sanft zu Boden gleiten zu lassen, meinen BH zu öffnen und sanft zu Boden gleiten zu lassen, mein Höschen auf der letzten Stufe zu Boden gleiten zu lassen. Obwohl mir der Mut zur Umsetzung fehlt, ist meine Erregung oben angekommen deutlich spürbar. Ihm scheint es ähnlich zu gehen, mag ich die feste Wölbung in seinem Lendenbereich richtig deuten. Das Schlafzimmer ist eiskalt, ich zittere, wir stehen etwas unbeholfen gegenüber. Er zieht mich leicht an sich, küsst mich leidenschaftlich und öffnet Knopf für Knopf meine Bluse, während meine Hände endlich unter sein Shirt schlüpfen und seine Muskeln nachfahren dürfen. Unsere Blicke kreuzen sich, jeder zieht sich die restlichen Klamotten schnell selbst aus und wir flüchten unter die Bettdecke. Obwohl mir richtig kalt ist, bin ich mir nicht sicher, ob mein leichtes zittern der Aufregung geschuldet ist, oder ich einfach nur friere. Ich entscheide mich aktiv den Kopf auszuschalten, es auf die Erregung zu schieben und mich dem Moment hinzugeben ...

Morgendämmerung

In meinem sommerlichen Outfit quäle ich mich mit dem Rad die Straßen hoch. Weit ist es nicht, dennoch bin ich ganz schön außer Atem, als ich am vereinbarten Treffpunkt ankomme. Bereits als ich in die Kreuzung einbiege, sehe ich ihn dort stehen und wünsche mir in diesem Moment nichts sehnlicher, als dass sich der Boden unter meinen Füßen öffnet und ich unsichtbar werde. Wieso muss er denn so unfassbar attraktiv sein? Schlagartig fühle ich mich wie ein unsicherer Teenager. Umdrehen ist keine Option, hatte er mich doch bereits gesehen. Zur Begrüßung schenke ich ihm mein schönstes Lächeln, entschuldige mich für mein Pumpen wie ein Maikäfer auf dem Rücken, schließe mein Fahrrad an und wir gehen los. Wie sich herausstellt ist er erstaunlich schüchtern und mindestens genauso aufgeregt wie ich. Das beruhigt mich enorm, erlag ich doch jahrelang dem Irrglauben besonders hübsche Menschen wären mit einem unerschütter- lichen Selbstbewusstsein gesegnet. Da nur ein sehr kleines Zeitfenster für dieses erste Kennenlernen zur Verfügung steht, setzen wir uns kurz bevor ich los muss auf eine Bank, fühlen uns beide wie sechzehn und knutschen etwas unbeholfen rum. Fühlt sich gut an, richtig gut, nach ich will mehr davon. Im Wissen uns wenige Tage später zu sehen, radele ich voller Vorfreude nach Hause.

Es ist bereits reichlich spät, kurz vor elf, die beruflichen Verpflichtungen schoben das Wiedersehen Stunde um Stunde weiter hinaus. Verschieben? Auf keinen Fall, dafür war das unschuldige Rumknutschen auf der Parkbank zu schön und drängt auf Fortsetzung. Mitten unter der Woche stehe ich nun vor einem überdimensionalen Eingangstor aus Eisen, er kommt mir die Einfahrt entgegen und wir gehen in seine Wohnung im Hinterhaus. Wohl ein ehemaliges Kutscherhaus, liebevoll saniert, zwei Etagen, kleine Räume, enge Wendeltreppe, dicke Holzbalken. Im Parterre setzen wir uns gegenüber auf die schmale Couch. Anfänglich noch etwas nervös, förmlich und steif, finden wir nach und nach unsere Wellenlänge und es beginnt Spaß zu machen, wird leicht und im positiven Sinne unkompliziert. Erfreulicherweise hat sich seine Schüchternheit deutlich gelegt, sodass es sich diesmal mit einem Glas Aperol in der Hand wesentlich erwachsener anfühlt als bei unserem ersten Treffen. Apropos Hand. Seine wunderbar großen Hände sind mir direkt aufgefallen. Allein bei dem nicht jugendfreien Gedanken daran wie sie nicht nur zaghaft meine Schultern berühren, sondern nachher hoffentlich weiter wandern werden und meine Konturen nachzeichnen, verschlucke ich mich kurz am Aperol. Welch sinnliche Freude diese Hände an anderen Stellen erst auslösen könnten. Die Kombination aus dunklen Haaren und blauen Augen zieht mich wieder einmal zuverlässig in den Bann, stundenlang könnte ich ihn einfach nur anhimmeln und mich in diesen strahlenden Augen verlieren. Während ich ihm zuhöre, bleibt mein Blick an seinen sinnlichen Lippen hängen. Ich fasse mir ein Herz, stelle mein Glas ab, nehme ihm seins aus der Hand, stelle es neben meins auf den Tisch und küsse ihn. Neugierig und doch zurückhaltend, sensibel und gefühlvoll, fast als wäre es das erste Mal. Es harmoniert von Anfang an perfekt. Seine Art meine Küsse zu erwidern schickt ein Wohlgefühl durch meinen gesamten Körper, lässt einen Schwarm Schmetterlinge in meinem Bauch tanzen und mich grinsen, obwohl ich doch küssen möchte. Seine Küsse bringen meine Hormone in Wallung, lassen mich absolut schwach werden und mir wird ein bisschen schwindelig, da es mir hin und wieder buchstäblich den Atem verschlägt.

Er nimmt meine Hand, fragt, ob ich mit ihm hoch gehen möchte. Ich nicke. Mit dem leichten Schwips bedarf es vollem Fokus die wirklich sehr eng gewundene Treppe sicher nach oben zu kommen. Der kleine Raum ist umsäumt von Dachschrägen und breiten Balken, strahlt eine einladende Ruhe und Gemütlichkeit aus. Er steht vor mir, schaut mir in die Augen, umfasst meine Hüfte, schiebt mir langsam die Bluse hoch. Mit einem innigen Kuss lenkt er mich ab, öffnet spielend leicht meinen BH, wandert mit den Lippen meinen Hals hinab zum Dekolleté, weiter zum Bauchnabel, öffnet mit geübten Fingern den Knopf meiner Hose, umspielt mein Höschen und zieht mich langsam aus. Er packt mich fest, hebt mich hoch, legt mich rücklings aufs Bett, schiebt mit sanftem Druck meine Beine auseinander und kniet sich vor die Bettkante. Er schaut mir tief in die Augen, spiegelt meine Erregung wider und versinkt zwischen meinen Schenkeln. Oh und ob er weiß was er da tut! Ich kann förmlich spüren wie ich nasser und nasser werde, fühle wie zusätzlich ein Finger nach dem nächsten in mich gleitet, was wiederum meine Geilheit nur noch mehr steigert. Kurz bevor er mich völlig zerfließen lässt, zieht er sich zurück und aus, dreht mich um, hebt mein Becken hoch und dringt in Slow Motion tief in mich ein. Welch fulminanter Auftakt einer intensiven und in Leidenschaft, Sinnlichkeit und Begehren versunkenen Nacht, welche erst mit dem Zwitschern der ersten Vögel seinen Ausklang findet. Im wahrsten Sinne vertieft ineinander verlor diese Nacht die Zeit vollständig an Bedeutung, gleich welcher Wochentag ist oder wie erschöpfend die Müdigkeit am nächsten Tag.

Ermattet und verschwitzt ziehe ich mich an, schließe hinter mir die Tür, wische den ersten Morgentau vom Sattel und radele tiefenentspannt und glückselig befriedigt nach Hause. Die Straßen sind noch verwaist, vereinzelt sitzen Vögel auf den Brückengeländern und erfüllen den Morgen mit inbrünstigem Gesang, während langsam die Sonne aufgeht. Ich schleiche mich in die Wohnung um niemanden zu wecken, verschwinde direkt im Bad, genieße es mit einer heißen Dusche in den Tag zu starten. Mein Kopfkino läuft auf Hochtouren, die letzten Stunden heften ein verwegenes Dauergrinsen auf meine Lippen. Mir nun bewusst welch impulsive Leidenschaft sich hinter dieser ersten Schüchternheit verbirgt, gehen mir diese massiven Balken mit den sich damit erweiternden Spielmöglichkeiten nicht aus dem Kopf ...

Trenchcoat

Das heiße Wasser rinnt mir übers Gesicht, sucht seinen Weg entlang meines Körpers und die betörende Komposition aus Mandarine und Bergamotte vereint sich zu einem aphrodisierenden Schaum, welcher mich in eine wohlig sanfte Wolke hüllt. Ich genieße es in vollen Zügen unter dem dampfenden Wasserstrahl zu stehen, schließe die Augen und lasse meinem Kopfkino freien Lauf. In Gedanken tauche ich in unsere bisherigen Abende ein, spüre den Empfindungen unserer gemeinsamen Lust nach und die pure Vorfreude auf ihn steigt in Form eines pulsierenden Kribbelns meine Körpermitte hoch. Eine Welle der Erregung durchflutet mich und ich lasse mich nur allzu gern inmitten dieser entspannenden Wärme von ihr in befriedigenden Wogen davontragen.

Ein Hauch von Vertrautheit stärkt bereits das zarte Band zwischen uns, sodass diesmal von der sonst üblichen Nervosität und Anspannung keine Spur ist. Das Handtuch um mich geschlungen frage ich ihn neckend nach seiner Präferenz, Kleid oder Hose, da ich mich nicht recht für ein Outfit entscheiden kann. Seine schlichte Antwort „nichts von beidem..." treibt mir ein schelmisches Lächeln auf die Lippen und eine lange gehegte Phantasie erblüht wie eine nach Wasser lechzende Hortensie nach dem Regen. Mit routinierten Handgriffen trage ich ein dezentes Make-up auf, ziehe meine Lippen mit tiefrotem Lippenstift nach und vollende meine Fingernägel mit ebenfalls tiefrotem Nagellack. Ich schlüpfe in den Hauch von nichts aus schwarzer Spitze, nehme den Flacon meines aktuellen Lieblingsduftes in die Hand und benetze mein Dekolleté mit dem edlen Eau de Parfum. Der sich entfaltende facettenreiche Akkord verführerischer Noten lässt in mir eine völlig neue Art des Selbstwertgefühls erwachen.

In Trenchcoat und hohen Pumps schwebe ich durchs Viertel zum Auto, habe mit jedem Klacken der Absätze das Gefühl die Blicke der anderen Fußgänger auf mich zu ziehen. Es ist recht windig und der leichte Nervenkitzel, ob die Windböen den mir entgegenkommenden Nachbarn einen klitzekleinen Einblick freigeben, steigert unwillkürlich meine Erregung. Wenige Minuten später parke ich erneut gegenüber seines Hauses ein, laufe durch den kleinen Spalt im Tor, stehe vor seiner großen dunkelgrauen Eingangstür und mein Herz schlägt mir bis zum Hals. Es lässt sich nicht leugnen, dass mir allein die Vorstellung, wie er mir ein weiteres Mal mit seinem charismatischen Lächeln die Tür öffnen wird, nichts ahnend wie buchstäblich ich seine Worte auslegte, die Feuchte in den Schoß treibt. Die Tür öffnet sich, ich trete ein. Seine Bemerkung ich sei zu schick gekleidet, lasse ich verschmitzt grinsend im Raum stehen, fixiere seinen Blick, während ich den Knoten löse und Knopf für Knopf langsam meinen Trench öffne. Ich genieße es ihn zu beobachten, wahrzunehmen wie seine erste Verwunderung in pures Verlangen umschlägt. Er nimmt meine Hand, führt mich in die riesige offene Küche und setzt mich stürmisch auf die Kücheninsel. Der Wein muss heute ein bisschen warten ...

04:17 Uhr

Altbau, endlos hohe Decken, große weiße Flügeltüren, riesige Räume und eine sehr geschmackvolle Einrichtung. Charmant begrüßt er sie an der Tür und hilft ihr aus dem Mantel. Obwohl er sich bemüht es nicht offensiv zu zeigen, entgeht ihr keineswegs das Funkeln der Vorfreude in seinen Augen. Wenige Stunden zuvor wählt sie mit größtem Genuss ihre neuen Dessous aus, legt Make-up und einen Hauch Parfüm auf, streift die halterlosen Strümpfe sacht über die Beine und schlüpft in ein stilvolles, figurbetontes graues Kleid. Sie genießt es seine Blicke auf ihrem Körper zu spüren, die beiderseits aufsteigende Erregung wahrzunehmen, die fast schon greifbare sexuelle Spannung. Seine Weinauswahl ist hervorragend. Mit jedem Glas fruchtig trockenem Rotwein verläuft das Gespräch leichtfüßiger und sogleich weicht die erste nervöse Anspannung der Hingabe an den Moment. Nachdem die erste Flasche recht zügig geleert ist, gehen sie gemeinsam in die Küche um neuen zu holen. Das vertraute Ploppen des Korkens und der aromatische Hauch beim Füllen der Gläser verhilft der ohnehin angeheizten Stimmung auf das nächste Level.

Als sie auf dem Rückweg ins Wohnzimmer am großen, stabilen Esstisch vorbeikommt, spürt sie von hinten seine Hände an ihren Hüften. Fest packt er sie und setzt sie auf die vordere Tischkante. Dem ersten Kuss folgt der nächste, leidenschaftlichere, während sich seine Hände mit sanftem Druck den Oberschenkel entlang ihren Weg unter ihr Kleid bahnen. Seinem schwereren Atem nach gefällt ihm was er fühlt. In absoluter Hingabe vergehen die nächsten Stunden wie im Rausch, während die sanfte Hintergrundmusik und das Flackern des Kerzenscheins mit dem Augenblick verschmelzen. Es müsste mittlerweile früher Morgen sein, seine Armbanduhr liegt auf dem Nachttisch, die Kerzen brennen auf wundersame Weise immer noch und tauchen das Schlafzimmer in ein stimmungsvolles, weiches Licht. In vertrauter Stille liegen sie unter der viel zu kurzen Decke eingekuschelt, erschöpft, verschwitzt, von Hormonen durchflutet. Dieses gewisse selige Lächeln auf den Lippen, Blicke lassen Worte überflüssig werden, sanft ziehen Hände ihre Bahnen über ermattete Körper, während sich ganz zaghaft und leise die Realität zurück in ihre Köpfe schleicht.

Unvernünftig spät ist es geworden, das Zeitgefühl verlor sich irgendwann zwischen dem zweiten und dritten lustvollen Hingeben, wage schleicht sich die Erkenntnis ein, dass sie langsam nach Hause muss. Während sie auf dem Bauch liegt und sich zum Nachttisch streckt, packt er fest ihren Po, bedeckt ihren Rücken mit Küssen. Es kostet sie Überwindung mit dem Zeigefinger auf die Uhr zu tippen, wohl wissend den grandiosen Abend damit endgültig zu beenden. Das in kaltem, hellem Licht aufleuchtende Display übertrifft ihre kühnsten Schätzungen. 04:17 Uhr. Die beiden leeren Rotweinflaschen sind stumme Zeugen eines Abends voller Neugier, Leidenschaft, Hingabe, respektvollem herantasten, ausprobieren und gemeinsamem Genuss schenken. Während er sich leichtfüßig ins Badezimmer schleicht, streift sie sich ihr Kleid über, pustet die Kerzen aus und entschwindet in der noch jungen Morgendämmerung ...

Telefonkonferenz

Etwas außerhalb an der Stadtgrenze ragt ein mondänes Denkmal den Himmel empor. Mit seinen unzähligen Treppen, Emporen, imposanten steinernen Statuen, dem vorgelagerten Park samt großem Teich und den lichtgefluteten Alleen bietet es einen stilvollen Rahmen für ein erstes Treffen. Wie im Vorfeld abgestimmt, treffen wir uns am Parkplatz und suchen einen schattigen Rückzugsort. Wie sich herausstellt kein leichtes Unterfangen, da sämtliche Bänke in praller Sonne stehen oder derart dem Trubel zugewandt sind, dass schlicht die Privatsphäre nicht gegeben wäre. So zieht es uns in den hinteren Bereich an das Ende der Allee. Oder den Anfang, je nach Blickwinkel. Die Steintreppe strahlt eine angenehme Kühle ab, wir setzen uns auf die oberen Stufen und ohne viel Konversation vorweg steckt er sich die Kopfhörer in die Ohren und begibt sich in seine Telefonkonferenz.

Während er größtenteils nur zuhört, sich gelegentlich verbal einbringt und das ein oder andere Dokument auf dem Bildschirm heranzoomt, lehne ich mich zurück. Schaue ihn an, genieße die Sonne und den Ausblick, schaue ihn wieder an. Bei jedem sich kreuzenden Blick funkeln unsere Augen um die Wette, wird das verwegene Grinsen breiter, rücken wir näher aneinander. Jede noch so kleine zufällige Berührung jagt ein elektrisierendes Knistern durch meinen Körper, wirft den Generator meines Kopfkinos mächtig an. Es liegen locker sechzehn Jahre zwischen uns und ihn in diesem Business-modus zu erleben wirkt in höchstem Maße anziehend auf mich. Abwechselnd stelle ich mir uns allein auf dem riesigen Glastisch im Konferenzraum vor, heimlich in der Büroküche oder wie ich ihn während eines Telefonats mit einem Blowjob aus dem Konzept und um den Verstand bringe. Die Vögel sitzen zwitschernd über uns in den Bäumen und alles worum meine Gedanken kreisen, ist, dass ich ihn gern vögeln würde.

Mit jedem weiteren Blickwechsel bleibe ich mehr und mehr in seiner enormen Anziehungskraft verhaftet, hadere innerlich, ob ich zu sehr eine Grenze überschreiten würde, wenn ich ihn, während er konzentriert arbeitet, ungefragt berühren und küssen würde. All die subtilen und teils offensiven Reaktionen seinerseits bedeuten mir, dass es ihm ähnlich geht. Ich kann nicht widerstehen. Und will es auch nicht. Ganz bewusst ignoriere ich den tugendhaft mahnenden Teil meines Verstandes, blende die vorbei gehenden Fußgänger aus und lasse mich in die sexuelle Spannung fallen. Wir sind ohnehin bereits sehr nah nebeneinander, sodass ich ihn vorsichtig berühre, sacht seinen Hals und Nacken küsse, meine Finger zaghaft unter sein Poloshirt gleiten lasse, seine Nähe auskoste. Derart versunken genieße ich es ihn zu beobachten und zu spüren, wohl wissend das er in seinen Reaktionen verhältnismäßig eingeschränkt ist, was wiederum eine nicht unerhebliche Magie in den Moment legt. Unvermittelt schaltet er die Verbindung stumm und küsst mich. Kurz, aber so richtig, begierig. Dreht sich zur Seite und steigt unbeirrt wieder im Gespräch ein. Meine sittlichen Bedenken sind vollends aufgelöst, ich möchte mehr, jetzt. Nach einer geschlagenen Stunde legt er auf, mittlerweile bin ich völlig von Sinnen und bekomme vor lauter Sex im Kopf kaum ein klares Wort raus. Glücklicherweise erübrigt sich das mit den vielen Worten ohnehin, denn diesmal ist er es der seinem aufgestauten Drang freien Lauf lässt und mich ergründet ...

Dienstreise

Nach Monaten im Homeoffice fühlt es sich gut an beruflich langsam in den Normalmodus zurückzukehren, wieder die ersten Dienstreisen zu unternehmen und raus in die Interaktion zu kommen. So erfreut mich an diesem Abend der Anblick des vor mir liegenden leeren Rimowas, welcher geduldig auf Bestückung wartet. Mit flinken Fingern stelle ich ein paar Outfits für die nächsten Tage zusammen, feile ausgiebig an der Kombination mit Taschen und Schuhen, mache mir eine kleine Checkliste für den Rest am nächsten Morgen und gehe zu Bett. Keine Frage werden die kommenden Tage anstrengend, dennoch ist es eine willkommene Abwechslung. Punkt für Punkt trage ich nach dem Frühstück die restlichen Sachen zusammen, hake gewissenhaft die Liste ab. Bevor ich die Riemen verzurre und den Koffer schließe, fällt mir eine kleine Lücke ins Auge, entscheide mich spontan noch die ein oder andere Kleinigkeit zur abendlichen Freizeitgestaltung zu verstauen, klappe den Deckel zu und drehe an den Zahlenschlössern.

Den morgendlich hektischen Berufsverkehr habe ich bei weitem nicht vermisst und doch bereitet es mir Freude die Gänge durchzuschalten, durch den Strom der Blechlawine zu schwimmen und den aktuellen Folgen meines neuentdeckten Lieblingspodcasts zu lauschen. Am Zielort angekommen verschlingt mich die Arbeit umgehend. Mit ordentlich Hunger im Bauch und einem schwirrenden Kopf spuckt mich die große Drehtür Stunden später in den trubeligen Großstadtdschungel aus. Da liegt er vor mir, der erste freie Abend seit so langer Zeit nur für mich, weit weg von alltäglichen Verpflichtungen, dem Gezerre um meine Aufmerksamkeit. Jetzt stehe ich auf dem Parkplatz, schaue in den Sternenhimmel hinauf, atme die Großstadtluft ein und entscheide mich bewusst es mir maximal gut gehen zu lassen. Ab ins Hotel, einchecken, Schuhe aus und quer aufs Bett legen. Es ist bei weitem nicht so spät wie es sich anfühlt, aber es war ein langer Tag der abgeschüttelt werden möchte. Ich nehme eine Kopfschmerztablette, öffne die DatingApp und durchsuche die Profile in der näheren Umgebung. Eine Frau in etwa meinem Alter sticht mir besonders ins Auge. Den Angaben in Ihrem Profil nach scheint sie ebenfalls nur zu Gast hier zu sein. Ihr Text und die wenigen Bilder ziehen mich an. Allein die Tatsache das sie als Neigung Bi angegeben hat, für Dates mit Frauen offen ist und wir in dieser Umgebung beide völlig Fremde sind, macht es in besonderem Maße außergewöhnlich. Zu verlieren habe ich nichts, schreibe sie an und rechne eigentlich nicht mit einer großartigen Reaktion. Ich sollte mich getäuscht haben.

Ihre Antwort kommt umgehender als gedacht, offenbar ist sie unsichtbar online und wirkt auf die ersten Zeilen erfrischend unkompliziert und freundlich. Wir schreiben etwas hin und her, merken das wir uns durchaus sympathisch sind, denselben Wortwitz lieben. Sie ist bereits ein paar Tage in der Stadt und schwärmt von der Lounge Bar in ihrem Hotel, welches unweit von meinem entfernt liegt. Kurzerhand verabreden wir uns. Die heiße Dusche ist eine Wohltat, das Make-Up routiniert aufgelegt, die Nägel lackiert und so stehe ich nun halb fertig zweifelnd vor dem Kleiderschrank. Sportlich légère? Business? Ein kurzer Blick auf die Hompepage ihres Hotels, ich greife zielsicher zum cremefarbenen Cocktailkleid mit goldenen Akzenten, schwarzen Pumps, schwarzer Clutch und schwarzem Mantel und habe eine ausgesprochene Lust auf diesen Abend. Langsam beginnt die Tablette zu wirken und ich merke wie der Druck des Tages abfällt. Zu guter Letzt hülle ich mich in meinen neuen Lieblingsduft, lege Lippenstift auf, stecke - just in case - die Liebeskugeln samt Fernbedienung ein und rufe mir ein Taxi.

Es ist dunkel, ein Schleier aus leichtem Nieselregen legt sich auf die Fenster. Im Rückspiegel bemerke ich gelegentlich die heimlichen Blicke des Taxifahrers auf meinen tiefen Ausschnitt. Wir halten an, ich steige aus, durchschreite die Lobby, fahre mit dem Fahrstuhl bis ganz nach oben zur Bar. Als sich die Türen öffnen fühle ich mich angekommen. Angekommen im Woanders, angekommen in einer Parallelwelt, angekommen im Alles ist möglich. Das Design, das Lichtkonzept, die Musik, der Raumduft, die Atmosphäre - eine stilistische Komposition die mich berauscht, aufsaugt, verschlingt. Selbst ohne einen umfassenden Austausch von Bildern vorab ist sie nicht zu übersehen. Ihre Aura strahlt, ihr leises herzhaftes Lachen zieht einen unverzüglich in den Bann und zu guter Letzt steht ihr dieses enganliegende Etuikleid so unfassbar gut, dass selbst zwei deutlich ältere Herren ihre Nähe suchen und um ihre Gunst werben. Ich gehe auf sie zu, was sie bereits an meinen Schritten hört und freundlich aber bestimmt die Herren bittet sich zurückzuziehen. Wir begrüßen uns so herzlich als würden wir uns ewig kennen. Es ist unsere erste Begegnung, dennoch ist neben einem sofortigen tief verwurzelten Gefühl der Vertrautheit auch die sexuell anziehende Komponente nicht zu leugnen. Sacht streicht sie sich die langen dunkelblonden Haare hinters Ohr, ein Lächeln umspielt ihre wohlgeformten Lippen. Mein Magen macht sich prompt leise grummelnd bemerkbar und sie lacht zustimmend. Wir setzen uns auf die Barhocker, ordern etwas zu Essen und stoßen mit einem Prosecco an. Sie ist genauso offen und charmant wie es vorab den Anschein machte. Mit einer unbeschwerten Leichtigkeit rutschen wir von einem Thema zum nächsten, lassen uns nebenbei unser Essen schmecken, wechseln zu Cocktails. Es dauert nicht lange bis auch die delikateren Themen mit reichlich Gekicher auf den Tisch kommen, die zufälligen Berührungen definitiv nicht mehr zufällig sind und wir uns geschützt vom Trubel um uns herum beginnen zu küssen. Lange unbemerkt bleibt es nicht, ganz subtil spüren wir die verstohlenen Blicke der anderen Gäste auf uns ruhen, was unsere Hormone nur noch mehr in Wallung bringt. Ich bitte sie die Augen zu schließen und mir ihre Hand zu geben, greife kurz in meine Tasche und lege die Kugeln auf ihre Handfläche. Sanft schließe ich ihre Finger, fordere sie ins Ohr flüsternd auf sich die Lippen nachziehen zu gehen. Ihr huscht unwillkürlich ein verruchtes Grinsen über die Lippen, ja sie hat mich richtig verstanden. Sie öffnet die Augen, blinzelt mir keck zu, dreht sich zur Seite und schreitet davon.

Warum braucht sie so lange? Ich bestelle uns zwei neue Drinks, führe netten Small Talk mit dem Barkeeper und rutsche wartend auf dem Barhocker hin und her. Noch bevor ich das Tuscheln der anderen Gäste höre, vernehme ich das Klackern ihrer Heels. Sie nimmt Platz, lächelt mich entschuldigend an, beugt sich an mein Ohr und flüstert „Bitte entschuldige, die ganze Szenerie hat mich so erregt, es überkam mich und beim Einführen der Kugeln konnte ich nicht anders, als noch ein bisschen länger zu spielen". Sie rutscht zurück, setzt sich kerzengerade hin, greift nach ihrem Glas und an ihrem Strohhalm saugend präsentiert sie mir neckisch und verführerisch zugleich ihr Dekolleté. Ich greife kurz in meine Tasche, drücke auf den kleinen Knopf der Fernbedienung. Für einen Augenblick zuckt sie zusammen, dann entspannt sich ihre Mimik und sie kreist fast nicht wahrnehmbar sacht mit dem Becken hin und her. Es ist nicht zu leugnen das auch mich die Situation hier ziemlich an macht, diese Frau mich easy um den Finger wickelt.

Wir genießen weitere Drinks, snacken Pistazien und kosten unseren frivolen Abend hinlänglich aus. Ich erfreue mich sehr daran zu beobachten, wie sie andere Gäste mit ihrer lüsternen Aura in ihren Bann zieht. Hin und wieder schleicht sich ein selig zufriedener Seufzer zwischen ihre Sätze, schlägt sie die Beine übereinander, um die leichten Vibrationen der Kugeln in ihr zu verstärken. Der Barkeeper zieht sich diskret zurück, wenngleich die aufsteigende Röte auf seinen Wangen und seine Blicke durchaus verraten, dass auch er nur ein Mann ist, der sich ihren Reizen nicht entziehen kann.

Ich küsse sie und verabschiede mich kurz auf die Toilette. Als ich zurück kehre ist ihr Stuhl leer, ihre Sachen sind ebenfalls weg. Ein leichter Anflug von Panik steigt in mir hoch, meine Tasche und mein Mantel sind jedoch noch an ihrem Platz. Der Barkeeper bemerkt meinen leicht panischen Blick, kommt lächelnd auf mich zu, überreicht mir eine weiße Serviette. Unter einem leuchtenden Lippenstift Kussmund steht „Hol dir deine Kugeln morgen Abend ab, selbe Zeit, Zimmer 374" …

Massage

„Ich würde mich freuen, wenn du ins Bad gehst, deine Sachen komplett ablegst und mit einem umgebundenen Handtuch wieder zu mir kommst." Zugegebenermaßen eine ungewöhnliche Bitte, wenn man bedenkt, dass dies unser erstes Date ist, wir uns erst wenige Minute unterhalten und weder großartig Körperkontakt hatten, noch wenigstens rumgeknutscht haben. Für einen kurzen Augenblick muss ich wohl sehr irritiert geschaut haben. Dennoch hat die Situation eine große Faszination. Die Chemie zwischen uns stimmt ohne jeden Zweifel und ich habe mir so lange bereits vorgenommen öfter mutig zu sein. Die perfekte Gelegenheit also, um über den eigenen Schatten zu springen, meinen Horizont zu erweitern und mich im wahrsten Sinne neuen Abenteuern zu öffnen. Ich schaue ihm fest in die Augen, schenke ihm ein verschwörerisches Lächeln und gehe ins Bad.

So stehe ich nun mit nichts als einem großen Handtuch bekleidet vor ihm, binde mir die Haare zu einem strengen Dutt nach oben und lasse mich voll und ganz darauf ein. Er steht vor mir, bittet mich die Augen zu schließen und legt mir eine Augenbinde um. „Nicht schummeln, lass dich einfach in meine Hände fallen." Gesagt. Getan. Ich atme tief durch, konzentriere mich auf die angenehm entspannende Hintergrundmusik und nehme wahr, dass er hinter mich geht. Seine Hände ruhen auf meinen Schultern, sanft küsst er meinen Nacken, beginnt mir ruhig über die Schultern und Arme zu streichen, gibt mir Raum anzukommen und runterzufahren. Geschickt löst er den Knoten im Handtuch und streicht weiter über den Rücken, die Hüften und den Po nach unten. An seinem Atem spüre ich, wie sehr er es genießt. Ich höre das metallene Geräusch der sich öffnenden Gürtelschnalle, spüre, wie er sein Polo Shirt auszieht und mich dabei kurz streift, und höre wenige Sekunden später ebenfalls seine Hose auf den Boden fallen. In mir steigt die Hitze hoch. Obwohl es völlig untypisch für mich ist, macht es mich irgendwie an. Er tritt noch näher hinter mich. Nun ist es nicht nur der Atem, welcher mir verrät wie sehr ihm dieses Spiel gefällt.

Er nimmt meine Hand und führt mich ein paar Schritte in einen anderen Raum, bittet mich, mich langsam hinzuknien und dann hinzulegen. Über ein vernetztes System erklingt hier ebenfalls dieselbe entspannende Musik, es ist angenehm temperiert, riecht nach einem erdenden Duftöl und es liegt eine wohltuende Atmosphäre in der Luft. Ich spüre etwas weiches zwischen meinen Schulterblättern, kann es nicht recht einordnen und fühle, wie sich eine warme, cremige Masse entlang meiner Wirbelsäule ergießt. Es dauert etwas bis sich mir erschließt, dass es kein Öl, sondern eine spezielle Massagekerze ist. In ruhigen Bewegungen verstreicht er die Masse, lässt seine Hände zunächst über meinen Oberkörper streifen und träufelt erneut warmes Wachs auf mich. Diesmal verteilt er es großzügig auf meinem Po, meinen Oberschenkeln, meinen Waden und knetet in einer faszinierenden Ruhe drauf los. Anders als ich es von herkömmlichen Nackenmassagen gewöhnt bin, ist er ebenfalls vollständig entkleidet und gelegentlich spüre ich mehr als nur Hände, ohne zuordnen zu können was ich da spüre. Die Wahrnehmung ist so viel intensiver, einzig die Bedingung ausschließlich passiv zu bleiben, meine Hände nicht auf Entdeckungsreise schicken zu dürfen, kostet mich enorm große Überwindung.

Wenngleich ich innerlich tiefenentspannt bin, breitet sich die Hitze wellenförmig in mir aus. Plötzlich streift etwas eiskaltes über meinen unteren Rücken, in Zeitlupe seitlich entlang des Pos, dann mittig, ich zucke unwillkürlich zusammen, hole tief Luft, als es auf den Innenseiten meiner Schenkel nasskalt wird. Behutsam bahnt sich der Eiswürfel seinen Weg und fordert meine Oberschenkel auf, sich in freudiger Erwartung weiter zu öffnen. Ich gewähre und kann ein leises Aufstöhnen nicht unterdrücken, als der Rest des Eiswürfels tropfend in mich gleitet, den Auftakt einer im Rausch der Sinne versunkenen Nacht bildend …

Shooting

Eine Großstadt im Herzen Deutschlands, ich stehe inmitten des Trubels im Hauptbahnhof, schreibe fleißig mit dem Fotografen hin und her. Ein bisschen Zeit habe ich noch bis sein Zug ankommt, sodass ich die Airpods in die Ohren stecke, fröhlich vor mich hin wippe und die Zeit damit überbrücke, zur Einstimmung und Ablenkung eine erotische Geschichte zu lesen. Dass ausgerechnet ich überhaupt die Entschlossenheit zu solch einem Shooting gefasst habe und es dann noch in die Realität transferiere, verwundert mich selbst am meisten. Jetzt stecke ich mittendrin und vertraue auf sein großartiges Händchen und den geschliffenen Blick. Die Bilder, die ich vorab von ihm sehen durfte, haben mir so imponiert, dass ich keinerlei Zweifel hatte mich exakt mit ihm in dieses riesengroße, geile Abenteuer zu stürzen. Als er durch das imposante Ausgangsportal kommt, erkennen wir uns sofort, wissen beide intuitiv die Wellenlänge passt auffallend. Für ein Maximum an Fensterfläche habe ich ein Eckzimmer im obersten Stock gebucht, das Hotel selbst ist Design und Style pur. Im wahrsten Sinne ist uns das Wetter leider nicht wohlgesonnen, es ist bedeckt und ohnehin kurz vor Sonnenuntergang.

Das Hotel ist fußläufig gegenüber und just als wir das Zimmer betreten, reißt der Himmel auf, fallen wie mit einem Brennglas vereinzelte Sonnenstrahlen durch das große Panoramafenster in den Raum. Uns bleiben voraussichtlich nur eine Handvoll Minuten mit Sonnenlicht. Er schaut mich auffordernd an. Ich schaue entgeistert zurück. Wir lachen beide herzhaft und während ich innerhalb von wenigen Sekunden nackt bin, baut er sein Equipment zusammen, testet erste Kameraeinstellungen. Noch ziemlich steif, ungelenk und unbeholfen nimmt er mir mit seiner professionellen Art die Anspannung, das Klicken der Kamera mischt sich mit den routinierten Hinweisen die Körperspannung einen Tick zu festigen und den Bauch mehr einzuziehen. Fast schon erleichtert als die Sonne weg ist, fällt auch der Druck ab, unbedingt die kostbare Zeit nutzen zu müssen. Als Erstes machen wir Musik an, öffnen die Flasche Wein, welche ich mitgebracht habe, stoßen zusammen an und genießen es, nun deutlich entspannter in einen gewissen Rhythmus zu finden. Seine warme Stimme zaubert mir zuverlässig einen wohligen Schauer, meine Bewegungen werden allmählich weicher. Er fängt zarte Augenblicke ein, wir experimentieren mit dem Licht, spielen mit Blickwinkeln.

Mittlerweile ist es stockdunkel, ich räkele mich am Fenster, schaue verträumt in die Lichter der Stadt. Ein paar Stunden und etliche Bilder später fährt er nach Hause, ich falle erschöpft ins Bett. Selbstredend blendete ich völlig aus, dass alle Passanten auf der Straße mich ebenso freizügig am Fenster sehen konnten. Erfreulicherweise kam diese Erkenntnis erst kurz vorm Einschlafen. Wobei nach dem ganzen unbekleidet Rumturnen, Hände über mich gleiten lassen und unterschiedlichste Materialien an mir spüren, längst nicht unbekümmert an Schlaf zu denken war. Zum Glück schlich sich auch das ein oder andere Spielzeug neben die Dessous in den Koffer. Aber psssst.

Wie verabredet klopft er am nächsten Morgen an meine Tür. Es ist anders, lockerer, vertrauter. Warum muss er denn ausgerechnet mit der sexy Stimme noch zum Anbeißen aussehen? Ins Blaue hinein scherze ich rum, dass es ungerecht wäre, wenn nur ich mich ausziehen muss. Postwendend landet sein Shirt auf dem Boden. Jackpot. Als wäre ein Schalter gekippt fokussiere ich mich nicht mehr auf die Bilder, sondern auf ihn, bewege mich fließender, werde offener. Auf der Baustelle im Bürokomplex gegenüber sind die Bauarbeiter ebenfalls fleißig am Arbeiten als wir die schweren Vorhänge zur Seite ziehen und die zusätzliche große Fensterfläche ins Setting einbauen. Diesmal tauche ich bewusst in das Spiel mit potenziellen Zuschauern ein, lasse (fast) alle Hemmungen fallen und versinke im Zusammenspiel mit ihm und der Kamera. Die Sonne bricht durch die Wolken, flutet uns mit Licht. Auch als ich explizit eindeutigere Positionen einnehme, gibt mir die möglicherweise einsehbare Fläche einen unerwarteten Kick. Mir wird heiß, ich bin unfassbar erregt, würde am liebsten gleich über ihn herfallen, reiße mich zusammen um professionellen Abstand und Contenance zu wahren …

Sinnliche

Hingabe

Kamin

In einer dieser ersten lauen Nächte, wenn die Sonne langsam untergeht, eine entspannte Atmosphäre den hektischen Arbeitstag ablöst, die Straße und die Hauswände eine sommerliche Wärme abstrahlen, es alle mit einem kühlen Getränk nach draußen zieht und die Kleidung freizügiger wird, da war er wieder. Dieser Gedanke der mich seit jeher verfolgt, mir regelmäßig die erotischsten Phantasien beschert und mich in Neugier versetzt. All diese wunderbar weiblichen Frauen, mit ihren sommerlichen Kleidern, welche mit perfekt abgestimmten Accessoires gekonnt in Szene gesetzt werden, gebräunte Haut, das Bikini Oberteil welches unter der Bluse hervorblitzt. Wie sie wohl im Bikini aussieht? Wie es wohl wäre sie zu berühren, durch ihre Haare zu streichen, ihre weichen Lippen zu spüren, mit den Fingerspitzen langsam ihre Konturen nachzufahren? Es sollten Jahre vergehen.

Es ist ein Freitagabend im tiefsten Winter, so gegen halb neun, als ich aufgeregt ins Taxi steige. Trotz eisiger Temperaturen habe ich mich für ein figurbetontes Kleid entschieden, schließlich ist es nicht irgendein Date. So viele Jahre hegte ich diesen stillen Wunsch, traue mich noch während der Fahrt kaum zu glauben, dass es nun Wirklichkeit werden könnte. Wenige Minuten später hält das Taxi an der Kreuzung, ich steige aus, ermahne mich selbst ruhig zu bleiben und tief durchzuatmen. Ich zittere am ganzen Körper und die Kälte ist gewiss nicht der Grund. Durch das kleine Gartentor gelange ich zum Hinterhaus, lege den Finger auf die Klingel, es summt. Der Widerhall meiner Absätze schallt durchs Treppenhaus, unterm Dach angekommen bin ich ein wenig außer Atem und mein Herz schlägt mir bis zum Hals. Er öffnet die Tür, begrüßt mich sehr freundlich und ganz Gentleman nimmt er meinen Mantel entgegen. Es ist eine Maisonette-Wohnung über drei Etagen und mir fällt neben einer sehr angenehmen Wärme sofort eine besonders romantische Lichtstimmung auf. Während wir Stufe für Stufe empor steigen, nehme ich diesen in die Treppe und den Raum integrierten gigantischen Kamin wahr. Zu beiden Seiten durch große Glasscheiben einsehbar knistert ein malerisches Feuer, bedeckt mich mit Behaglichkeit. Ich tauche ein in ein Meer aus Kerzen, Romantik par excellence. Sie erwartet uns bereits, bildschön steht sie da in ihrem Kleid und empfängt mich herzlich. Mit einem Glas vollmundigem Rotwein machen wir es uns auf der Couch gemütlich.

Sie sind ein sehr attraktives und deutlich jüngeres Paar, was jedoch keineswegs gleichbedeutend mit unerfahren ist. Eher im Gegenteil wie ich mit glühend roten Ohren ihren Anekdoten entnehmen darf. Sie ist schon seit jeher nicht minder an Mädels interessiert, genießt es die Damen bei ihren gemeinsamen Abenteuern um den Verstand zu bringen, ihnen intensivste Empfindungen zu schenken, von denen viele Männer nicht einmal ahnen mit welch kleinen Kniffen diese ausgelöst werden können. Eben diese erfahrene Gelassenheit, die beide völlig natürlich ausstrahlen, beruhigt im Wesentlichen meine Nerven. Sie legt ihre Hand auf mein Knie, streicht über meinen Oberschenkel, überträgt all ihre Ruhe auf mich und wie in Zeitlupe finden sich unsere Lippen zu einem zaghaften Kuss. Ihr Mund ist eine sinnliche Einladung, ihre Haut so makellos weich. Während wir uns küssen nähert er sich uns, streicht mit beiden Händen sanft meine Schenkel aufwärts, küsst meinen Nacken und öffnet schließlich den Reißverschluss meines Kleides. Ein leiser Schauer der Erregung durchströmt mich, ich fasse all meinen Mut zusammen und öffne ebenfalls ihr Kleid. Die Dessous betonen hervorragend ihre Weiblichkeit, ihre festen Brüste laden dazu ein liebkost zu werden. Fast unbemerkt nehmen mich beide in ihre Mitte, ich schließe meine Augen. Unvermittelt bin ich völlig nackt, spüre gefühlt auf jedem Zentimeter meines Körpers Hände, fühle überall Lippen auf meiner Haut, erahne Finger an meinen empfindsamsten Körperstellen. Ein Strudel der Hormone entfacht einen Sog in eine andere Welt. Hingebungsvoll lasse ich mich in ihre versierten Hände fallen und genieße es, welch Intensität diese lustvolle Konstellation birgt, in der die Grenzen verschwommen sind ...

Billardtisch

Die kalte Brise umspielt ihre Oberschenkel, das schwarze Etuikleid schmiegt sich eng an ihren Körper und die untergehende Sonne zaubert eine romantische Lichtstimmung in den spätsommerlichen Abendhimmel. An der verabredeten Kreuzung angekommen wartet er bereits auf sie. In seinem schwarzen passgenauen Anzug strahlt er eine beruhigende Selbstsicherheit aus, die silbernen Manschettenknöpfe blitzen gelegentlich hervor, sein charismatisches Lächeln strahlt mit den blauen Augen um die Wette. Liebevoll nimmt er sie in den Arm, küsst sie auf die Stirn und während einer innigen Umarmung versetzt sie sein atemberaubender Duft in sinnliche Stimmung. Durch den immensen Größenunterschied fühlt sich jede seiner Berührungen nach Geborgenheit an, die anfängliche Nervosität weicht entspannter Vorfreude. Mit ruhiger Stimme fragt er sie, ob sie bereit ist. Sie schaut ihn an, nichts ahnend was dieser Abend an erotischen Abenteuern bereithält und nickt wortlos. Er greift in seine Tasche, verbindet ihr sacht die Augen, geleitet sie wenige Meter den Bordstein entlang und öffnet eine Wagentür. Ganz Gentleman geht er ihr beim Einsteigen zur Hand, schließt die Tür und steigt selbst ein. Sie spürt das kalte Leder der engen Sportsitze an ihren Schenkeln und während er den Schlüssel umdreht, offenbart sich ein wohlvertraut blubbernder V8. Der Motorsound in Verbindung mit seinem offensichtlichen Fahrspaß lässt die Fahrzeit wie im Flug vergehen, die basslastige Musik hebt die Stimmung zusätzlich auf ein neues Level der Euphorie.

Etwa eine halbe Stunde später werden sie langsamer, er biegt rechts ab und sie vernimmt das Knirschen einer Kieseleinfahrt ehe er einparkt. Langsam öffnet er ihre Tür, hilft ihr beim Aussteigen und führt sie die Einfahrt entlang. Er stellt sich hinter sie, küsst ihren Nacken und löst den Knoten der Augenbinde. Seine Hände an ihrer Taille geben ihr halt, verschlägt ihr der Anblick der stilvollen alten Villa doch die Sprache. Vor dem zweistöckigen wunderschönen Haus entfaltet sich ein kunstvoll angelegter Garten mit kleinem Springbrunnen im Wendehammer der Kieseinfahrt. Zwei gegen-überliegende geschwungene Treppen laden ins Innere ein. Er dreht sie um, schaut ihr in die Augen und vergewissert sich erneut, ob sie bereit ist. Und wie sie es ist. Ihr Kopfkino läuft auf Hochtouren, die Szenerie verheißt eine verführerische Nacht in umwerfendem Ambiente. Ihre Hand umfassend führt er sie Richtung Treppe, Stufe für Stufe fühlt sie die aufsteigende Erregung, sein anhaltend betörend maskulines Parfüm beraubt sie ihrer letzten Sinne. Die Villa beherbergt ein exklusives kleines Wellnesshotel, herrschaftlich und ganz im Stile eines mondänen Herrenclubs eingerichtet, entführt es seine Gäste in eine geheimnisvolle Welt der Sinne und Genüsse.

Nach dem Check-In beziehen sie ihr Zimmer im oberen Stockwerk, welches neben einem Himmelbett mit schwarzem Stahlrahmen ebenfalls mit einer Schaukel im Erker in Erstaunen versetzt und zum sinnlichen Spiel einlädt. Er legt das Sakko ab und während sie sich ein wenig frisch macht, nutzt er die freien Minuten um sich im Haus umzusehen. Im hinteren Bereich der oberen Etage lädt ein gediegenes Herrenzimmer nebst Zigarrenlounge mit Kamin und Billardtisch zum entspannten Verweilen ein. Die dicken Samtvorhänge und das gedämpfte, wohl akzentuierte Licht verleihen dem großen Raum eine angenehme, behagliche Schwere. Als er den Raum betritt ist eine Dreierrunde im Spiel vertieft und bittet ihn freundlich die Runde zu erweitern. Das dumpf klackende Geräusch aneinanderstoßender Billardkugeln erfüllt den Raum und wird nur vom Widerhall ihrer High Heels auf dem alten Parkett entlang des Flures unterbrochen. Am Herrenzimmer angekommen schreitet sie am Billardtisch vorbei zur Lounge Ecke. Sie genießt es förmlich im Vorbeigehen die Blicke auf ihrem Po zu spüren und macht es sich in einem schweren Ledersessel bequem. Eine Weile beobachtet sie das Spiel aus der Ferne, bis er sich bei seinen Mitspielern entschuldigt, den Queue zur Seite legt, geradewegs auf sie zukommt, den rechten Arm unter ihre Knie schiebt und sie in einer fließenden Bewegung hochhebt. Er presst sie an sich, sein angespannter Bizeps ist deutlich durch sein Hemd spürbar. Mit großen, festen Schritten trägt er sie zum Billardtisch, setzt sie auf die Kante und küsst sie leidenschaftlich. Die umstehenden Herren ziehen sich mit verschmitztem Lächeln zurück und verlassen rücksichtsvoll den Raum. Jetzt wo sie allein sind, zieht er ihr Becken an sich und sie spürt deutlich seine handfeste Begeisterung. Er legt beide Hände fest auf ihre Oberschenkel, schiebt das Kleid hoch, küsst langsam ihre Schenkel hinauf zu ihrem Höschen. Ihre kreisenden Beckenbewegungen sind geradezu eine Einladung, der er bereitwillig nachkommt. Geschickt zieht er sie weiter ran, dreht sie in Bauchlage und lässt ihre Füße auf den Boden gleiten. Ihr Anblick im engen schwarzen Kleid halb auf dem Billardtisch liegend, in Kombination mit dem ihm entgegen gestreckten und lediglich von einem Hauch Spitze bedeckten prallen Po, lässt seine Erektion noch fester werden. Sanft drückt er ihre Beine ein bisschen auseinander, schiebt ihr Höschen zur Seite und lässt seinen rechten Zeigefinger an ihrer Vulva kreisen. Ihre Erregung lässt sich nicht verbergen, unwillkürlich presst sie ihm auffordernd ihr Becken fest entgegen. Als er zusätzlich den Mittelfinger in sie gleiten lässt, stöhnt sie leise auf. Er verwöhnt sie mit seinem Fingerspiel und genießt es förmlich, wie sie in seiner Hand zerfließt. Ohne Vorwarnung zieht er seine Hand zurück, tritt so nah an sie heran, dass sie seine harte Männlichkeit warm an ihrem Schritt spürt, rückt ihr Höschen wieder zurecht und zieht ihr Kleid runter. Er beugt sich zu ihr und haucht ihr leise ins Ohr, dass er den Auftakt sehr genossen hat und bittet sie zum Dinner.

Gemeinsam gehen sie die langen Flure entlang runter ins Restaurant, wo sie mit einem köstlichen Menü verwöhnt werden. Der korrespondierende Rotwein ist ein Gedicht und rundet den kulinarischen Genuss hervorragend ab, seine Küsse schmecken noch intensiver und werden fordernder. Nach dem Essen machen sie sich im Zimmer kurz frisch, tauschen Anzug und Kleid gegen Bademäntel und schlendern entspannt Hand in Hand runter ins Spa. Der heiße, sprudelnde Whirlpool ist bereits von einem äußerst attraktiven Pärchen mittleren Alters belegt, bei genauem hinschauen erkennt sie den Herren vom Billardtisch wieder. Dieser lädt beide mit einem verführerischen Grinsen ein, ihnen im heißen Wasser Gesellschaft zu leisten. Die Dame ist genau nach ihrem Geschmack. Lange dunkle Haare bis knapp unter die Schulterblätter, graublaue Augen, ein charmantes Lächeln mit kleinen Grübchen, weibliche Rundungen an den richtigen Stellen und eine selbstbewusste Ausstrahlung. In lockerer Atmosphäre folgt dem ersten Gespräch rasch die erste zaghafte Berührung. Sie schmeckt gut, ihre Küsse sind auf besondere Art anders als sie es bisher kannte und ihre Hände begeben sich gegenseitig auf Erkundung. Beide Herren genießen es sichtlich den Damen zuzuschauen, halten sich jedoch dezent im Hintergrund. Ausgiebig loten beide Frauen ihre Lust aus, miteinander spielend, entdeckend, gieriger. Als sich das Verlangen nach mehr steigert, beziehen die Damen die Herren ein. Zunächst etwas zurückhaltend, kristallisiert sich offenkundig die harmonisierende Eigendynamik zu viert heraus. Sie flüstert ihr etwas ins Ohr, beide schauen sich verschwörerisch an und bitten die

Herren um Begleitung ins Zimmer. Zu viert stehen sie vor ihrem Zimmer im zweiten Stock und sie bittet die drei kurz zu warten. Schnell holt sie etwas, kehrt zurück und die Damen verbinden den Herren die Augen. Sie flüstert ihm jeweils etwas ins Ohr und während er noch das bekräftigende „Ich will dich!" verarbeitet, fällt ihm beim Betreten des Zimmers auf, dass es nicht die Stimme seiner Frau war ...

Blau

Das Tastenfeld ist hellgelb erleuchtet, ich tippe den Code ein und in Zeitlupe öffnet sich das große Tor der Hofeinfahrt. Während ich langsam eintrete, verschwimmt das morgendlich hektische Treiben des Berufsverkehrs hinter mir zu einem Hintergrundrauschen. In meinen Ohren rauscht es ebenfalls, die Aufregung lässt meinen Herzschlag nur so in die Höhe schießen. Die weiße Flügeltür mit großen Ornamentgeschmückten Gläsern lädt ins opulente Treppenhaus ein, das „blaue Apartment" befindet sich in der ersten Etage. Tief hole ich Luft, klopfe leise und höre das Quietschen der Dielen näherkommen. Barfuß und konspirativ grinsend öffnet er die Tür, fix schlüpfe ich aus meinen Sneakern und stelle sie neben seine. Mit einem flüchtigen Kuss entschwindet er ins Wohnzimmer zurück zu seiner Telefonkonferenz, während ich es mir im Schlafzimmer gemütlich mache. Die Morgensonne durchflutet den hohen Raum, ich lege meinen Laptop aufs Bett und mich daneben, klinke mich ins WLAN und beginne meinen Arbeitstag.

Eine hervorragende Idee das Notwendige mit dem Angenehmen zu verbinden, das Homeoffice kurzerhand auszulagern und die Pausenzeiten zu koppeln. Die Sonne im Gesicht und Mails beantwortend, dringt seine tiefe Stimme aus dem Nachbarzimmer bruchstückhaft zu mir durch. Für einen kurzen Moment schließe ich die Augen, recke meine Nasenspitze zum Fenster und fühle die Wärme, fokussiere mich auf seine Stimme und erlaube mir einen kleinen Ausflug in meine verruchte Gedankenwelt. Die Stimme wird klarer und das leise Quietschen der Türklinke holt mich mit einem Schmunzeln aus meinen Gedanken. Mit dem Laptop in der Hand kommt er rein, setzt sich neben mich und beendet kurz darauf seinen Call. Wenn er wüsste wie sehr ich schon auf ihn gewartet habe. Wir vergewissern uns das alle Geräte auf lautlos und die Kameras ausgestellt sind, bevor wir stürmisch die Begrüßung nachholen. Seine Küsse sind so leidenschaftlich, dass es mir nicht nur die Röte ins Gesicht, sondern auch die Feuchtigkeit in den Schoß treibt. Hastig ziehen wir uns aus, machen einen kurzen Zwischenstopp unter der heißen Dusche und fallen kaum abgetrocknet ins Bett. Wie sehr ich mich darauf gefreut habe herauszufinden, ob nicht nur seine Küsse derart lustvoll sind, sondern auch die Sehnsucht zu stillen ihn vollumfänglich zu spüren. An mir, in mir. Wie unfassbar gut er sich anfühlt. Seine großen Hände sind neugierig und gefühlvoll, suchen sich zielstrebig ihren Weg und verlieren keine Zeit. Ich zerfließe in seinen Händen, öffne mich buchstäblich dem Augenblick und nehme ihn kurz darauf nur allzu willig in mir auf.

Wir nutzen jede kleine Auszeit zwischen den Meetings um übereinander herzufallen, da wird selbst das Mittagessen für einen guten Höhepunkt freudestrahlend gecancelt. Zu meiner Freude macht der enorme Größenunterschied keinerlei Probleme und ich habe morgen hoffentlich keinen Muskelkater im Po vom dauerhaft auf den Zehenspitzen stehen. Dass wir uns hormongesteuert derart oft hingeben und sich dafür ein ganz anderer Muskelkater im gesamten Körper breitmachen wird, ahne ich noch nicht. Die Intensität dieses Vormittags hätte ich nicht in meinem heimlichsten Kopfkino für möglich gehalten. Es ist diese reizvolle Mischung aus Anonymität und doch einer vertrauten Nähe, vereint in sexueller Anziehung, intensiven Gefühlen, so realen Empfindungen in einer so surrealen Parallelwelt. Als ich am frühen Nachmittag hinter mir die Tür schließe und letzte Reste Sperma aus meinen Haaren fische, verfängt sich ein zufriedenes Dauergrinsen für den Rest des Tages auf meinen Lippen ...

Spieleabend

Als mich ein Freund kürzlich nach meinen Plänen für den Abend fragte, antwortete ich Spieleabend mit einer Freundin, wohl wissend er würde den feinen Hinweis mit statt bei, welcher mir ein sehr breites Grinsen auf die Lippen zauberte, nicht bemerken. Sollten wir widererwartend nicht genug Themen zum Erzählen finden, hatten wir Mädels im Vorfeld bereits erste Ideen für die abendliche Spielesammlung zusammengetragen und für den Fall eintretender unangenehmer Stille scherzeshalber rummachen vereinbart. Oder ausziehen. Je nachdem was zuerst eintreten würde.

Mit 268 km/h fliege ich im schönsten Sonnenuntergang über die leere Autobahn, sauge die spätabendliche Stimmung auf und bemerke deutlich die Vorfreude in mir hochsteigen. Langsam biege ich in ihre Straße ein, sehe sie bereits am Fenster winken und parke ein. Mit einem bezaubernden Lächeln öffnet sie mir die Haustür und wir beide wissen, es wird uns definitiv nicht langweilig. Sie nippt an ihrem leuchtend rosa Himbeer Gin und ich nehme nur allzu gern das Glas Rotwein an, während wir von einem Thema zum nächsten rutschen, ganz so als würden wir uns schon lange kennen. Die Zeit verfliegt, ihr Mann meldet sich, er kommt heute später nach Hause. Wir schauen uns an, denken offenbar dasselbe. Ihr halb volles Glas stellt sie auf den Tisch und geht als Erste ins Bad. Im Flur fragt sie mich, ob wir die Gläser mit rüber nehmen wollen. Ich nicke, bitte sie sich schonmal auszuziehen und es sich gemütlich zu machen, während auch ich noch kurz im Bad verschwinde. Anschließend hole ich das Öl aus meiner Tasche und sehe, dass die Tür zum Schlafzimmer offensteht. Verführerisch einladend liegt sie nur mit einem schwarzen Höschen bekleidet mit dem Bauch auf dem Bett, ihren atemberaubenden Anblick und die Situation auf mich wirken lassend, bleibe ich kurz in der Tür stehen. Während ich eintrete, knöpfe ich langsam meine Bluse auf, streife die Hose ab und setze mich ebenfalls nur noch mit einem Höschen bekleidet auf ihren Po. Ich beuge mich zu ihr runter, sie dreht sich über die Schulter zu mir und unsere Lippen berühren sich zum ersten Mal. Der Startschuss für unseren Spieleabend. Aneinander. Miteinander. Ihre langen dunkelblonden Haare lege ich zur Seite, träufele sanft das Öl über ihren Nacken, die Schultern, die Wirbelsäule hinab bis auf ihren wohlgeformten Po. Ihr leichtes zucken nehme ich als Steigerung ihrer Erregung wahr, wenngleich das Öl ein wenig kühl war und meine Hände sacht Zentimeter für Zentimeter über Ihren Rücken gleiten. Eine wahre Freude ihr auf diese Weise näherzukommen, sie unter meinen Händen dahinschmelzen zu lassen und ihr Verlangen zu steigern. Es ist ein fließender Übergang von der Massage zum gegenseitigen Verwöhnen, leidenschaftliche Küsse und sinnliche Berührungen schenkend.

In unser lustvolles Vergnügen vertieft nehme ich gedämpfte Geräusche wahr. Ein Schlüssel der ins Schloss gleitet, Schritte die Treppe hochkommend. Ein surrealer Moment, mein Herzschlag beschleunigt sich und die Aufregung steigt. Als ich höre wie er an der Tür vorbeigeht und erstmal ankommt, beruhige ich mich unverzüglich und wir Mädels widmen uns wieder ausgiebig unserem Verwöhnprogramm. Der rauschende Wasserstrahl in der Dusche ist das nächste gedämpfte Geräusch, was entfernt zu mir vordringt. Während ich zwischen ihren Schenkeln versunken bin, nehme ich schemenhaft wahr, dass er im Türrahmen steht. Nackt. Entspannt und unaufgeregt schaut er uns mit einem Drink in der Hand ein paar Minuten zu. Er stellt wortlos sein Glas ab, dreht seine Frau zu sich, nimmt sie behutsam von hinten und bereichert unsere sinnliche Runde ...

Werkstatt

Zwei Tage zuvor trafen wir uns zu einem freundschaftlichen Kennenlernen abends im Park. Da es explizit nur ein Kennenlernen und kein Date war, brach ich das Treffen auch nicht spontan ab, als er mich umgehend nach der Begrüßung fragte, ob es ok für mich wäre, wenn er sich ein Bier mit auf den Weg nimmt. Zwar musste ich ob der Ungeniertheit kurz schlucken, da es mir jedoch nicht zusteht es zu verneinen, stimmte ich perplex zu. Als er dann die Autotür öffnete und auch noch ein ganzer Kasten im Fußraum unter den Kindersitzen stand, blieb mein zweiter Kloß im Hals nicht ungesehen. Immerhin fragte er mich ob ich ebenfalls eines möchte, was ich verneinte. So schlenderten wir entlang des Flusses, genossen den traumhaften Sonnenuntergang am Wasser und sogen den erdigen Duft auf den Waldwegen ein, während wir stundenlang von einer Geschichte zur nächsten kamen. Gelegentlich bat er mich kurz sein Bier zu halten und verschwand hinter den Bäumen. Ich verdrehte die Augen, drehte mich weg und blieb verdutzt stehen. Warum akzeptierte ich solch einen Umgang und lief ich nicht zurück zum Auto? Er erzählte mir von seiner Leidenschaft für Boote, seiner handwerklichen Begabung diesen wieder neues Leben einzuhauchen, dem Sommerspaß mit Jetski am See, seiner Werkstatt in der er oft Nächtelang herumwerkelt und bei seinem eher beiläufigen Angebot mir alles zu zeigen, konnte ich nicht anders als zu seiner Verwunderung spontan Ja zu sagen. Was auch immer er an sich hatte, dass ich solch ein Verhalten überhaupt duldete, irgendetwas an seiner fast schon dreist chauvialen Grundeinstellung zog mich sehr an. Kurz vor Mitternacht folgte einer flüchtigen Umarmung zum Abschied die Verabredung in der Werkstatt.

Und so standen wir an einem Sonntag spät bei Sonnenuntergang an der Marina eines großen Sees im Umland. Es regnete stark, der Wind blies uns eiskalt ins Gesicht, der Spaziergang durch den Hafen fiel ins Wasser. Kurzerhand nahm er mich mit in seine Werkstatt, welche glücklicherweise nur ein paar Minuten entfernt ist. Irgendwie hatte ich es mir klischeehaft anders vorgestellt, weder roch es stark nach Terpentin und Lacken, noch nach Alkohol und nur wenig nach abgestandenem Rauch. Auf bemerkenswerte Weise hatte die betriebsame Unordnung doch etwas Aufgeräumtes. Wie nicht anders zu erwarten war, versunken wir wieder im ungezwungenen Small Talk, der einen Anekdote folgte die nächste und dank der Ereignisse beim ersten Treffen machte mich seine Nähe nicht nervös. Wenngleich unser Treffen rein platonischer Natur geplant war, war die sexuelle Anziehung förmlich greifbar, es kostete uns beide ziemlich Energie uns zu beherrschen. Wenn ich ihm während des Gesprächs in die Augen blickte, konnte ich nicht widerstehen meinen Blick hinab zu seinem Trizeps wandern zu lassen, mir vorzustellen wie es wäre meine kalten Hände unter sein Shirt zu schieben, an die Hüften zu legen, ihn einfach an mich zu ziehen und zu küssen. Ich hatte zunehmend alle Mühe seinen Worten zu folgen. Meine geistige Abwesenheit blieb nicht lange verborgen, sodass er mich mit einem wirklich überraschend innigen Kuss aus meinem Kopfkino in den realen Film holte. Seine Art zu küssen war so intensiv, berauschend, durchdringend, womit er mich postwendend in einen Strudel der Hormondurchflutung zog, meinen Puls in die Höhe schießen ließ und mein Kopf nicht mehr in der Lage war zu erkennen, ob das gerade real war oder Fiktion. Überrumpelnd spürte ich seine Hände an meinem Hals, meinem Rücken, wie sie hinab wanderten und fest meinen Po packten, mich an ihn pressten.

Konnte das tatsächlich gerade passieren? Die starke Beule in seiner Jeans machte mehr als klar wohin die Reise geht. Nicht nur seine Lippen hatten eine magische Anziehungskraft, wohl wissend eine Grenze zu überschreiten, gab es kein zurück. In meinem Strudel versunken hörte ich, wie er meine Gürtelschnalle öffnete, spürte wie sich seine Finger zwischen die enge Hose vorbei am Slip schoben, forsch meine Vulva massierten, fühlte das pulsierende Lustgefühl in mir aufsteigen. Er drückte mich an die Werkbank, schob seinen Oberschenkel zwischen meine, reib mit seinem Bein an meiner Mitte und ich gab mich seinem Sog tiefer und tiefer hin. Mit ein paar schnellen Handgriffen schaffte er hinter mir Platz, packte mich und hob mich unvermittelt auf die Werkbank hoch. Als nächstes vernahm ich das klappernde Geräusch seiner sich öffnenden Gürtelschnalle, schob ihm die Shorts runter und meinen Po an die vordere Kante. Hart drang er in mich ein, nahm sich was er brauchte. Im aufgeladenen Treiben ging das Zeitgefühl völlig verloren. Das laute Klirren der umfallenden Glasflaschen auf der Holzplatte holte uns unsanft aus diesem sündigen Traum ...

Black

Heute ist es endlich soweit - sein Geburtstag. Mit dem ersten Kaffee in der Hand setzt er sich an seinen Schreibtisch und entdeckt ein sehr kleines, aufwändig verpacktes Geschenk. Auf der Karte kein Absender, lediglich die Anweisung „Nimm mich mit und zelebriere es mich zu enthüllen! Hotel Roomers - 22 Uhr - Smoking". Die Ungeduld auf das bevorstehende Ereignis lässt die Stunden im Office zu einer zähfließenden Masse verschmelzen, er hat nicht den Hauch einer Vorahnung was ihn erwartet. Wer auch der Absender sein mag, die Person muss ihn und seine Vorlieben für schwarz und außergewöhnlichen Stil jenseits trivialer Normen sehr gut kennen. Im Laufe des späten Nachmittags bemerkt er eine undefinierbar vorfreudige Erwartung in sich aufsteigen, diese Inszenierung aus Neugier und Phantasie beflügelt ihn. Rechtzeitig kleidet er sich an, unterstreicht mit der Wahl des Parfums seine maskuline Anziehungskraft und begibt sich mit dem Geschenk in die Tiefgarage. Das unverkennbare Röhren seines alten, dunkelgrünen Jaguars beim Kaltstart in der Tiefgarage lässt ihn innerlich erbeben. Der Wagen schlängelt sich durch die erleuchtete Stadt, seine Gedanken schweifen wieder und wieder zum bevorstehenden Abend ab und erleichtert, das Geheimnis bald zu lüften, übergibt er den Schlüssel fürs Valet Parking.

Die professionell freundliche Dame an der Rezeption verrät ihm die Zimmernummer, wo er bereits erwartet wird. Im Fahrstuhl wählt er das oberste Stockwerk aus, schreitet den langen, indirekt beleuchteten Flur entlang zur letzten Tür und bleibt vor der Suite stehen. Ein Blick auf seine schwarze Cellini bestätigt sein perfektes Timing. Kräftig klopft er an. Eine ihm unbekannte junge Frau im Abendkleid öffnet, heißt ihn mit zwei Küsschen Willkommen, führt ihn in die Lounge und bittet ihn auf dem dunkelblauen Samtsofa Platz zu nehmen. Gekonnt nimmt sie den Dom Pérignon aus dem eisgefüllten Kühler, öffnet die Flasche und reicht ihm den feinperligen Genuss. Er nimmt das Glas dankend entgegen und weist ihr freundlich den Platz an seiner Seite. In diesem ruhigen Moment nimmt er erstmals die elegante Atmosphäre der Suite wahr. Ein angenehm erdender Raumduft, schwere Samtvorhänge, das ausladende dunkelblaue Samtsofa, dicke dunkle Teppiche, gedämpfte Lichtstimmung, sanft flackernder Kerzenschein, klassische Hintergrundmusik. Gekonnt in Szene gesetzte kühle Materialien wie Chrom, Glas und Marmor verleihen dem Ambiente einen exquisiten Schliff. Sie folgt seiner Einladung neben ihm Platz zu nehmen und bittet ihn das Geschenk der Verpackung zu entledigen. Langsam und bedächtig enthüllt er die kleine Schachtel. Mit Verwunderung erblickt er einen schmalen schwarzen Streifen aus seidig weichem Material, lässt ihn durch die Finger gleiten und während er, eher an sich selbst gerichtet, beginnt Fragen zu stellen, legt sie ihren Zeigefinger mit leichtem Druck auf seine wohlgeformten Lippen. Sinnlich haucht sie ihm „Lehn dich zurück" ins Ohr, nimmt den Seidenschal aus seiner Hand und verbindet ihm die Augen. Er spürt wie sie aufsteht, hört ihre Absätze klacken und kann nur erahnen, dass sie den Raum verlässt.

Es vergehen Sekunden die ihm wie eine Ewigkeit erscheinen, die Hintergrundmusik wechselt zu partylastigen Beats und das Klacken der Absätze kehrt zu ihm zurück. Ohne ein Wort zu sagen kniet sie sich vor ihn, gleitet mit den Händen seine Schenkel empor, öffnet gekonnt seine Hose und verwöhnt ihn mit dem intensivsten Blowjob, den er je genießen durfte. Kurz bevor er beginnt zu pulsieren und nur noch dem Verlangen nachgeben möchte zu kommen, entzieht sie ihre Lippen, schließt die Hose und setzt sich auf seinen Schoß. Er spürt einen Atemzug an seinem Ohr, „Happy Birthday! Willkommen zu deinem wahrgewordenen Kopfkino". In seinem Kopf überschlagen sich die Gedanken. Diese zarte Frauenstimme kommt ihm bekannt vor, ist sie doch ganz anders als die der unbekannten jungen Dame, dennoch fällt es ihm schwer im Strudel des Momentes eine eindeutige Zuordnung vorzunehmen. Seinen grandiosen Anblick aufsaugend wandern ihre Lippen seitlich den Hals entlang nach oben und münden in einem leidenschaftlichen Kuss, während ihre Finger die Hemdkante umspielend in seinen Nacken gleiten und den Knoten lösen. Was für ein Anblick! Mit dem charmantesten Lächeln auf den Lippen sitzt sie im Abendkleid auf seinem Schoß. Sie, die sexy Kollegin, welche mit ihren perfekten Kurven und den strahlendsten Augen die er je gesehen hat, ihn schon in so manchem Tagtraum begleitet hat. Und nun umschließen ihre Schenkel seine Hüfte, eine Tatsache, die seine Erregung erneut schlagartig fest hervortreten lässt. Noch bevor er richtig realisieren kann was gerade passiert, hält sie in der einen

Hand die Augenbinde und führt ihn mit der anderen Hand in das Master Bedroom.

Er setzt sich auf die Kante des opulenten Kingsize Bettes, zieht sie an sich, greift voller Begierde nach dem Reißverschluss ihres Kleides. Sie tadelt ihn leise, bittet ihn nur die Schuhe auszuziehen und sich mittig aufs Bett zu legen. Zu sehr erfreut sie sich an seiner selbstbewussten charismatischen Aura, erregt sie sein unwiderstehlicher Anblick, als dass sie seinem Verlangen voreilig nachgeben würde. Er sieht sie fragend an, doch statt einer profanen verbalen Antwort entschließt sie sich lieber Taten für sich sprechen zu lassen und fesselt seine Hände mit dem Seidentuch an das Kopfteil des Bettes. Wie aufs Stichwort hört er erneut klackende Absätze und neben der mittlerweile nicht mehr unbekannten jungen Dame treten zwei weitere äußerst begehrenswerte Frauen zu ihm ins Schlafzimmer, allesamt sehr stilvoll ihre Vorzüge betonend und in eleganter Abendrobe. Seine Kollegin holt den eiskalten Dom Pérignon aus dem Kühler, Knopf für Knopf öffnet sie sein Hemd, lässt den Champagner über seinen glatten, muskulösen Oberkörper rinnen und mit einem hippeligen Lachen lecken vier Zungen begierig die feinen Perlen von seinem Bauch. Die Mädels haben ohne Zweifel großen Spaß. Unter seinem lüsternen Blick beginnen sie sich erst zaghaft und neugierig, dann immer leidenschaftlicher zu küssen. Es dauert nicht lange bis acht Hände seinen Körper belagern, die ersten Kleider den Boden zieren, Brüste liebkost und laszive Blicke getauscht werden. Zu gern würde er mitspielen, die zarte Haut berühren, die feuchte Wärme zwischen ihren Schenkeln fühlen. Eins der Mädchen entschwindet und taucht kurz darauf mit einer neuen, eiskalt tropfenden Flasche im Türrahmen auf. Sie fixiert ihn mit einem fordernden Blick und lässt den Korken knallen, während zeitgleich seine Kollegin ein Feuerwerk der Lust entfacht, als sie seine Hände befreit ...

FFM

Es ist Date Night, ich bin vorfreudig erregt und kann es kaum erwarten mit beiden auf Tuchfühlung zu gehen. Sie ist zwar sehr viel jünger, aber bereits erfahren mit Dreierkonstellationen und Altersunterschieden, für ihn ist es die erste Ménage-à-trois und ich fühle mich absolut geehrt diesen besonderen Moment mit beiden teilen zu dürfen. Ohne große Umschweife tauchen wir in die Genussebene ein und halten es für eine gute Idee den neuen Badezusatz auszuprobieren. Sie verabschiedet sich kurz ins Bad, wir hören das Wasser rauschen, er ergreift die Gelegenheit mich mit seinen durchdringenden Küssen auf die nächsten Stunden einzustimmen. Strahlend steht sie im Türrahmen, lädt uns zur Eroberung des heißen Wassers ein. In romantisches Kerzenlicht getaucht setzen wir Mädels uns gegenüber, unter seinen Blicken vom Wannenrand aus beginnen wir uns mit Schaum einzureiben, die nass glänzende Haut zu streicheln, uns zu ertasten, zu schmecken. Er greift sich den neckisch frohlockend in der Ecke wartenden Glasdildo, bringt uns verborgen unter dem knisternden Schaumberg noch mehr in Wallung. Das Wasser wird langsam kühl, wir füllen heißes nach, sie tauscht mit ihm durch und macht unterdessen das Wachs der Massagekerze warm.

Leicht dampfend steigen wir aus der Badewanne, trocknen uns ab, schmiegen uns aufs Bett und genießen es, uns drei gegenseitig mit dem heißen Wachs zu massieren, uns zu kneten, die Finger über die vom baden weiche Haut gleiten zu lassen. Um ihm den Einstieg zu erleichtern, beginnen zunächst wir Mädels uns vor seinen Augen mit Berührungen, Küssen und Fingerspielen zu befriedigen. Seine Lust regt sich, wir nehmen ihn in unsere Mitte und verwöhnen ihn gemeinsam mit intensiven Zungenspielen und festen Griffen, was ihn nur noch härter werden lässt. Sie flüstert mir etwas ins Ohr, kommt kurz darauf zurück und schnallt sich den roten Dildo um. Ein irre heißer Anblick! Seine volle Pracht noch im Mund, dringt sie hinter mir knieend langsam und gefühlvoll in mich ein, tastet sich Stoß für Stoß in mich vor, findet unseren Rhythmus. Begierig auch mich zu spüren, packt er mich fest, dreht mich um und füllt mich in der Missionarsstellung aus. Sie noch immer knieend, dringt parallel Stoß für Stoß langsam in ihn vor ...

Zimmer 374

Der Arbeitstag hatte es in sich, die sehr kurze Nacht trug nicht gerade zur beruflichen Höchstleistung bei. Dennoch lag da dieses wohl wissende Dauergrinsen auf meinen Lippen und der Hormonschub sorgte zuverlässig dafür mich wach zu halten. Heute achtete ich darauf, für mich völlig untypisch, pünktlich Feierabend zu machen und ging anschließend zielstrebig allen Kollegen aus dem Weg. Nicht das noch ein „Hast du mal noch 5 Minuten?!?" aus einer Bürotür zu mir durchdringt. Nein, heute möchte ich ins Hotel. Zeitig.

Auf dem Weg zum Hotel besorge ich noch Erdbeeren, Ahoj-Brause und zwei kleine, gut gekühlte Flaschen Veuve Clicquot. Im Hotelzimmer angekommen lege ich meine Sachen ab, stelle die Kleinigkeiten in den Kühlschrank, kuschele mich unter die Decke und drifte in Gedanken ab. Auf dem Nachttisch neben mir liegt das stumme Zeugnis letzter Nacht. Ein Glück, hätte ich es sonst glatt für einen Traum gehalten. Ich nehme die weiße Serviette in die Hand, bleibe an ihrem sinnlichen Lippenstift Kussmund hängen und lese immer wieder Ihre Nachricht: „Du kannst dir deine Kugel morgen Abend abholen, selbe Zeit, Zimmer 374". Diese Frau hat mir gehörig den Kopf verdreht, den ganzen Tag konnte ich an nichts anderes denken, als den Moment in dem sie mir später die Tür öffnen wird. Wie sie wohl diesmal ihre feminine Aura unterstreichen wird?

Wie von ihr instruiert steige ich abends ins Taxi, durchschreite die Lobby ihres Hotels, fahre mit dem Fahrstuhl in die dritte Etage. Mit leichtem zittern und einem dumpfen Gefühl der Anspannung im Magen laufe ich den Flur entlang. Durchaus eine positive Anspannung, wenngleich ich mich ärgere meinen Körper nicht besser unter Kontrolle zu haben. Vor Zimmer 374 bleibe ich stehen, atme tief ein, klopfe zaghaft. Ich höre die Schritte näherkommen, sie öffnet mir die Tür. In ein bodenlanges rotes Abendkleid von Ralph Lauren gehüllt, ihre dunkelblonden Haare kunstvoll hochgesteckt, empfängt sie mich mit einer derart sinnlich warmen, weiblichen Ausstrahlung, dass es mir, und das will etwas heißen, im wahrsten Sinne die Sprache verschlägt. Wie ein dummes Schulmädchen stehe ich vor ihr, muss mich zwingen gleichmäßig zu atmen. Sie gibt mir ganz französisch angehaucht zwei Küsschen, bittet mich herein, schwebt vorweg in ihren Heels.

Während ich ihr folge ruhen meine Blicke auf ihrem Rücken und ihrer im Gang wippenden Hüfte. Natürlich hat sie sich über die strengen Brandschutzregeln hinweggesetzt. Gesäumt von behaglichem Kerzenschein machen wir es uns auf der einladenden Chaiselongue gemütlich, öffnen die erste Flasche und stoßen an. Ein wohliges Kribbeln breitet sich aus, Vorfreude weicht Neugier und weckt Begierde. Begleitet von ihrem frechen Augenaufschlag ist es sofort wieder da, dieses Alles-ist-möglich und Lust-auf-mehr-Gefühl liegt in der Luft, es knistert und sprüht nur so im Funkenschlag. Sie schaut mir direkt in die Augen, leckt sich über die Lippen, stellt ihr Glas ab, kniet sich vor mich. Sacht streicht sie meine Waden empor, schiebt mein Kleid hoch und versinkt zwischen meinen Schenkeln. Ich schließe die Augen, labe mich am Zusammenspiel ihrer zarten Finger und warmen Zunge. Langsam zieht sie ihre Finger zurück, kreist mit den Fingerspitzen und spreizt sie, öffnet mich. Begleitet von leichtem Druck gleitet etwas Festes und doch samtig weiches in mich - die Kugeln. Sie spielt mit ihnen, mit mir, mit meinen Reaktionen.

Ich öffne meine Augen, streichele ihre Wangen, ziehe sie langsam zu mir hoch und küsse sie. Als sie sich zum Tisch vorbeugt um ihr Glas zu nehmen, bedecke ich ihren Nacken mit Küssen, streichele ihren Rücken während ich behutsam ihr Kleid öffne und meine Hände nach vorn zu ihren Brüsten wandern lasse. Sie lässt sich ein Stück nach hinten fallen, lehnt sich vor mir sitzend mit dem Rücken an mich, trinkt ihren Champagner und gewährt mir mehr Zugang. Es fühlt sich so gut an sie zu berühren! Ich lasse meine Hände über ihren Körper wandern, schiebe ihr Kleid dabei mehr und mehr runter. Sie dreht ihren Kopf zu mir hinter, küsst mich, nimmt meine Hand, steht auf und zieht mich dabei mit hoch. Meine Hand in ihrer geht sie mit mir zum Bett. Ich schlüpfe fix aus meinem Kleid und kuschele mich unter die überdimensionale Decke, schaue ihr fasziniert hinterher, wie sie nur bekleidet mit einem Hauch Dessous die Erdbeeren, die Ahoj-Brause und die zweite Flasche Veuve Clicquot aus der Minibar holt.

An der Bettkante stehend entledigt sie sich ihres BHs. Ihre prallen Brüste sind eine traumhafte Aufforderung und ich kann nicht widerstehen mich zu ihr zu beugen und sie ausgiebig zu liebkosen, zu kneten, mit ihnen zu spielen. Meine Hände wandern parallel abwärts, streichen über ihre Hüften, den Po und schieben beiläufig ihr Höschen hinab. Hingerissen von ihrer Weiblichkeit ziehe ich sie voller Begehren unter die Decke. Sie reißt mir förmlich die Dessous vom Leib, schiebt die Decke ein Stück beiseite, setzt sich auf meinen Schoß und schnappt sich den Champagner. Nachdem der Korken mit einem satten PLOP an die Decke geknallt ist, läuft mir der feinperlige Sprudel vom Hals über den Busen hinab zum Bauch. Lechzend leckt sie ihn ab, trinkt kichernd einen Schluck aus der Flasche, nur um mir den nächsten Schwall über die Brüste zu ergießen und sich ihnen ausgiebig zu widmen. Unersättlich rutscht sie runter, setzt sich auf meine Schienbeine und benetzt meinen Venushügel, leckt zügellos hinterher. Klebrig wie ich bin, reißt sie zwei Päckchen Ahoj-Brause auf, malt mit dem süßen Pulver eine Landkarte und fährt mit der Zunge die Straßen ab. Es prickelt und bizzelt. Die kleinen Körnchen auf Ihrer Zunge kitzeln mich und gelegentlich beißt sie spielerisch zärtlich zu. Ich muss lachen, drehe sie um, träufele mir ebenfalls die klebrige Brause auf die Zunge und küsse sie sehnsuchtsvoll. Wir verschmelzen, fallen hemmungslos übereinander her. Völlig erschöpft sinken wir anschließend in die Kissen, stärken uns mit den Erdbeeren, leeren die restliche Flasche. Die Dusche ruft!

Ein wenig beschwipst und mit neuer Energie kommen wir aus dem mit Dampf benebeltem Badezimmer. Sie zwinkert mit verschwörerisch zu, geht zu ihrem Koffer und holt ein kleines Täschchen raus. Sie gibt mir feixend einen Klaps auf den Hintern, stupst mich aufs Bett, öffnet das kleine Täschchen und breitet das Spielzeug auf dem Bett aus. Als wir erneut völlig erschöpft in die Kissen sinken begrüßen uns die ersten Sonnenstrahlen …

FFFM

Es beginnt mit der unschuldigen Frage welche Phantasien mir noch im Kopf schwirren, welche Erfahrungen ich sammeln möchte, welche Grenze ich gern verschieben würde. Völlig frei schreibe ich ohne großartig nachzudenken ein paar Ideen zurück. Und so gehen manchmal Wünsche in Erfüllung, von denen man vorher selbst kaum ahnte, dass sie in einem schlummern.

Gewohnt charmant öffnet er mir die Tür, wir steigen Stufe für Stufe empor und die wohlbekannte behagliche Wärme des gigantischen Kamins umhüllt mich. Ins Gespräch vertieft wartet sie bereits mit ihrer Freundin auf der großen Couchlandschaft, wir werden vorgestellt und machen es uns zu viert bequem, reden ein wenig zum Kennenlernen. Die zweite Dame ist ebenfalls eine Spielgefährtin der beiden, mit weiblichen Rundungen nicht nur anziehend, sondern auch noch absolut liebenswert und offensichtlich daran interessiert eine ähnliche Phantasie auszuleben. Die Tatsache, dass es für alle eine neue Konstellation ist, macht es ungemein aufregend, ich bin wirklich sehr nervös. Zur Erleichterung aller vier harmonieren wir als Team super, die ersten zaghaften Annäherungen fließen beiläufig ein. Um das Eis zu brechen beginnt das Pärchen sich zu küssen, sodass wir beiden Mädels dem Beispiel folgen, nur um kurz darauf alle vier knutschend und fummelnd im Knäuel zu versinken. Im fließenden Wechsel geben wir uns in diversen Stellungen unserer Lust hin. Nebeneinander zu zweit, jeweils den anderen zuschauend. Übereinander. Hintereinander. Miteinander. Mit einer bemerkenswerten Ausdauer weiß er treffsicher, wann er welcher Frau mit seiner harten Männlichkeit zum letzten Punkt bis über die Schwelle verhelfen kann. Nach und nach verschaffen wir uns gegenseitig den nächsten Höhepunkt. Es ist ein wildes Treiben und Durcheinander im Sinnesrausch.

Ermattet liegen wir alle kuschelnd aneinander, kaum glaubend welcher Traum gerade in Erfüllung gegangen ist. Wir Mädels nehmen ihn in unsere Mitte, spielen gedankenverloren aneinander rum, schwelgen. Ungeachtet der Erschöpfung gibt uns sein Lustzentrum deutlich zu verstehen, dass die Regenerationsphase abgeschlossen ist. Erst beginnt eine zu lecken, dann steigt die nächste ein und ehe wir uns versehen kleben wir drei Mädels an seinem Schwanz, läuten die nächste Runde ein …

Businessmeeting

Es ist einer dieser Tage die einem erstaunlich gut von der Hand gehen. Selbst nervige Aufgaben werden zügig abgearbeitet, die Kollegen sprechen mich auf mein latentes Dauergrinsen an und ich schaue alle paar Minuten auf die Uhr. Die Stunden ziehen sich äquivalent zur Steigerung der Vorfreude. Heute steht ein spezielles Meeting in meinem Kalender und das exklusive Wissen, mit welch wortwörtlicher Hingabe diese Kundenbeziehung gepflegt wird, hat eine lasterhafte Aura. Kurz vor Abfahrt putze ich mir noch schnell die Zähne, lege einen Hauch Parfüm nach, überprüfe im Spiegel kritisch den korrekten Sitz meines Kostüms und steige in den Dienstwagen. Wenige Straßen vom Büro entfernt fahre ich ins Parkhaus, nehme den Aufzug und stehe in der Lobby eines puristisch designten, neuen vier Sterne Hotels mitten in der Stadt. Mein Handy leuchtet Punkt 12:30 Uhr auf, „Links am Empfang vorbei, rechter Fahrstuhl". Die Fahrstuhltüren öffnen sich, ein verwegenes Lächeln umspielt seinen Mund und ich trete ein. Der dunkelblaue Anzug steht ihm ausgezeichnet! Ich kann mich kaum sattsehen, betont die exakte Passform doch seinen knackigen Po in besonderes ansehnlicher Weise. Ein freundschaftliches Küsschen auf die Wange, er drückt die fünf und führt mich den Hotelflur entlang. Vor einer Tür bleiben wir stehen, er klopft zwei Mal kurz hintereinander.

Ich vernehme das Klackern ihrer Pumps, sie öffnet im enganliegenden Kostüm die Tür. Statt einer Bluse trägt sie lediglich einen roten BH, welcher ihre festen Brüste fein gerahmt durch den Blazer stilvoll präsentiert. Mit aufreizender Stimme fordert sie mich auf einzutreten und es mir im Sessel neben dem Bett bequem zu machen. Ich füge mich in freudiger Erwartung und genieße die ungezügelte Szenerie. Gekonnt frivol lässt sie ein Kleidungsstück nach dem nächsten zu Boden gleiten, bückt sich mit dem Rücken zu mir gewandt und zieht langsam ihr Höschen aus, bis nur noch der Strumpfhalter ihre weibliche Hüfte umschmeichelt und die langen, schlanken Beine von dunklen Strümpfen umhüllt sind. Sie tritt ganz nah vor mich, ich schwelge im sehr sinnlichen Duft ihres Eau de Parfums. Mit ihren vollen Lippen haucht sie mir einen dezenten Kuss und ein vielversprechendes „genieß die Aussicht" entgegen. Gezielten Schrittes geht sie auf ihn zu, schiebt ihn mit seinem Po an die Kante des Schreibtisches, zieht ihn an der Krawatte zu sich ran und fordert ihn inbrünstig zu einem sinnlichen Zungen-spiel heraus.

Im Kuss versunken löst sie fingerfertig den Knoten seiner Krawatte, streift zufällig die Erhebung unterhalb seines Gürtels während sie sein Hemd aus der Hose zieht, beginnt von unten nach oben Knopf für Knopf sein Hemd zu öffnen, schiebt das Sakko über seine Schultern und das Hemd hinterher. Sie kniet sich vor ihn, öffnet den Gürtel, entledigt ihn seiner Schuhe, der Anzughose und seiner enganliegenden Shorts. Unbestritten erregt ihn diese Darbietung. Und nicht nur ihn. Ich spüre wie sich das Kribbeln weiter in mir ausbreitet, wie meine Hand unwillkürlich dem Verlauf der Erregung folgt, ich den Blick nicht von den beiden lassen kann. Er hebt sie unvermittelt hoch, legt sie aufs Bett, beginnt mit ihr zu spielen, ihre Brüste zu kneten, zu knabbern, sie zu lecken. Sie bäumt sich ihm entgegen, ein leises Stöhnen entwicht ihren perfekten knallroten Lippen. Er steckt ihr einen Finger in den Mund, fährt ihre Lippen nach, rutscht über das Dekolleté und den Bauchnabel zu ihrer Vulva, mühelos gleitet sein Finger in sie hinein. Er dreht sie mit dem Po an die mir zugewandte Bettkante, stellt ihre Beine auf, spreizt sie leicht auseinander und bedeutet mir zu übernehmen.

Dieser Aufforderung komme ich liebend gern nach, knie mich zwischen ihre Schenkel und verwöhne sie, was sie mit kleinen Bekundungen der Freude quittiert. Unterdessen schleicht er sich hinter mich, nimmt meine Haare zu einem Zopf zusammen, küsst meinen Nacken, beginnt mich zu erkunden und zieht mich beiläufig aus. In fließenden Bewegungen und unzähligen intensiven Konstellationen verlieren wir uns in Raum und Zeit. Punkt 14 Uhr klingelt der Timer im Handy. Zu dritt gehen wir rasch unter die Dusche, können es nicht lassen uns zu necken und den ein oder anderen kleinen Klaps zu verteilen, ziehen uns an und wir Mädels den Lippenstift nach. Wenige Minuten später schließen wir hinter uns die Zimmertür, gehen gemeinsam zum Aufzug, knutschen während der Wartezeit rum und entschwinden mit dem Ende des Meetings in die Tiefgarage ...

Lobby

Die Sonne frohlockt mit einem spätsommerlichen Nachmittag, es ist herrlich warm und während ich am Check-In stehe und mit einem freundlichen Lächeln begrüßt werde, versetzt mich die mit Sonnenstrahlen geflutete Lobby in Urlaubsfeeling. Der direkt auf die Rezeption gerichtete Luftzug der Klimaanlage ist recht frisch und lässt mich trotz der Temperaturen etwas frösteln, was sich schlagartig auch unter meiner hauchzarten Seidenbluse abzeichnet. Mit jeder noch so kleinen Bewegung gleitet die Bluse über die harten Nippel. Anfänglich noch eine unangenehme Überreizung, jagt es mir nach und nach kleine Schauer der Wollust durch den Körper. Mit der Zimmerkarte in der Hand warte ich am Aufzug und hoffe inständig, dass sich niemand dazugesellt.

Das modern minimalistisch eingerichtete Zimmer trifft vorzüglich meinen Geschmack. Ich setze mich auf die Bettkante am Fenster, zittere leicht vor Nervosität, öffne eine Dose eiskalte Cola und komme an, versuche die Aufregung wegzuatmen. Das Display leuchtet auf, er sucht einen Parkplatz und ist gleich da. Und zack, das konzentrierte Wegatmen kann ich vollständig vergessen. Knapp gebe ich ihm die Zimmerinfos weiter und kurz darauf klopft es an der Tür. Mein Herz rast, ich drücke die Türklinke herunter. Trotz das unser erstes Kennenlernen bereits Wochen her ist, dauert es nur wenige Sekunden bis wir übereinander herfallen. Noch im Eingangsbereich reißen wir uns gegenseitig die Sachen runter, er hebt mich kraftvoll hoch, legt mich aufs Bett, schiebt fast beiläufig noch mein Höschen runter, zieht fix ein Kondom über und stößt zu. Die nächste Stunde verbringe ich in sämtlichen Stellungen damit ihn einfach fasziniert anzuhimmeln, während er mich ziemlich fest vögelt. Meinen Blick kaum von seinem Oberkörper abwendend, fühlt es sich so gut an ihm an den knackigen Hintern zu langen, seinen Bizeps zu fühlen, seine vom Schweiß glänzende Haut zu berühren. Muskeln sind eine Sache, Kondition und Ausdauer die andere. Ich liege auf dem Rücken, meine Hände wandern abwärts, die rechte an mir, die linke an ihm. Sein Aufstöhnen signalisiert mir deutlich, wie sehr er diese zusätzliche Stimulation und den Anblick, wie ich es mir noch selbst gut gehen lasse, genießt. Kurz darauf explodiert er förmlich auf meinen Brüsten. Ziemlich erschöpft sinkt er in die Kissen, sein Herz pumpt kräftig und deutlich sichtbar in seiner Brust.

Klebrig wie ich nun bin, nutze ich seine Verschnaufpause für eine heiße, ausgiebige Dusche. Ich greife mein Handtuch und möchte mich gerade abtrocknen als die Tür aufgeht. Die Dusche überlasse ich ihm gern, trockne mich auf dem Wannenrand sitzend weiter ab, schaue ihm zu wie das Wasser an ihm hinab perlt. Was für ein Anblick! Ich kann einfach nicht widerstehen, lege das Handtuch zur Seite, trete vor ihm in die Dusche, knie mich hin und sein sich umgehend erneut aufrichtendes Lustzentrum scheint genau zu wissen was mir vorschwebt. Der Duschstrahl prasselt hart auf meinen Hinterkopf, unterdessen verwöhne ich seine harte Lust mit meinem Mund. Es vergehen etliche Minuten in denen ich völlig versunken an seinem Schwanz klebe, sauge, lecke, mit den Händen an ihm spiele, pure Freude dabei habe ihm größtmöglichen Genuss zu bescheren. Plötzlich versiegt der Wasserstrahl, er hebt mich hoch auf sein Becken, trägt mich noch klitschnass zum Bett und das Spiel beginnt von vorn …

NightClub

Tropfnass steige ich an diesem Samstagabend aus der Dusche, meine Lieblingsplaylist schallt mir entgegen. Das Handtuch locker um die Hüften gebunden tanze ich gedankenverloren durchs Bad und singe vergnügt vor mich hin. Ich habe Lust auf Leben, Lust auf Raus, Lust auf Abenteuer und Erleben. Alle favorisierten Veranstaltungen wurden kurzfristig abgesagt. Aber da ist sie, die eine, die noch möglich scheint. Mein Anker für diesen Abend. Dumm nur, dass ausgerechnet der Club den ich ins Auge fasse, damit wirbt, bei Events mit dem gewissen Extra eine Welt voller Geheimnisse & Gelüste zu betreten. Soweit so reizvoll. Jedoch ohne einen Hauch der Ahnung was ich anziehen soll ist es ohne jeden Zweifel eine enorme Hürde mich anzumelden. Allein. Die grobe Empfehlung zum Dresscode sagt alles und nichts - wenn du in deinem Outfit durch die Innenstadt laufen kannst, ohne alle Blicke auf dich zu ziehen, dann ist es das falsche.

Es ist bereits kurz vor acht und wenn ich nicht feige vor mir selbst einen Rückzieher machen möchte, dann muss ich mich langsam beeilen. Über die Plattform scrolle ich fix die Gästeliste und Date Gesuche der Veranstaltung durch, ohnehin sieht man nur wenige Profile die sich nicht anonym angemeldet haben. Wie aus dem Nichts sticht mir ein Profil besonders ins Auge. Ich überfliege es, bin schon jetzt davon überzeugt, dass wir uns auf Anhieb sympathisch wären und schreibe ihn an. Leider ist er für diesen Abend bereits verabredet, jedoch fragt er kurzerhand seine Begleitung, ob es für Sie ok wäre den Kreis zu erweitern und bin super happy als sie zustimmt. Liebenswerter Weise holt er seine Begleitung ab und bietet an mich auf dem Weg gleich mitzunehmen, damit wir uns alle noch in Ruhe auf einen Drink bei ihm kennenlernen können, bevor wir gemeinsam zur Party fahren. Der einzige Haken, es ist mittlerweile halb neun und sie wären kurz nach neun bei mir. Da stehe ich nun, die nassen Haare tropfen auf meine Schultern, ich habe nach wie vor das Outfit Problem im Hinterkopf, bin nicht geschminkt und zweifele. Dränge ich mich zu sehr auf, auch wenn sie sagt es ist ok für sie? Will ich es zu sehr und überrumpele mich selbst? Würde ich auch ganz allein hingehen? Die Badtür geht auf, wir besprechen kurz mein Dilemma und auf unglaublich wundervolle Art werde ich bestärkt, diese Gelegenheit wahrzunehmen und sage mutig meiner Begleitung zu. Während ich mich im

Turbogang fertig mache, besprechen wir einige Optionen zur Kleidungswahl, sodass ich mit einer Flasche Rotwein in der Hand pünktlich unten an der Kreuzung warte.

Ich tue es wirklich, gehe das erste Mal frivol aus und kann es selbst noch nicht glauben. Wie erwartet scherzen wir direkt rum, die Stimmung ist ausgelassen, in dieser Dreierkonstellation fühle ich mich sofort wohl und kann mein Glück kaum fassen, kurzentschlossen zwei so interessante Menschen kennenlernen zu dürfen. Auch die Einladung zu ihm auf ein Glas Wein zur Einstimmung hilft mir sehr im Augenblick anzukommen. Wir lachen viel und die Vorfreude auf den jungfräulich vor uns liegenden Abend steigt. Kurz nach halb elf rufen wir das Taxi und machen uns auf den Weg. In der Schlange vor der Location pocht mein Herz ganz ordentlich, das erste Mal einen Kinky Club zu betreten ist eine größere Überwindung. Und zack geht es auch schon hinein, keine Zeit es sich anders zu überlegen. In der Garderobe lege ich meinen langen Daunenmantel ab, ziehe fest den Bauch ein und entscheide den Kopf auszumachen, diesen Abend voll und ganz zu genießen. Spoiler: der Muskelkater im Bauch, vom den ganzen Abend den Bauch einziehen, und im Po, vom stundenlangen laufen auf hohen Schuhen, wird mich noch Tage an diesen irrwitzigen Ausflug erinnern. Um sich besser in den Räumlichkeiten zurechtzufinden und die erste Nervosität zu nehmen, bieten die Betreiber einen kurzen Rundgang für Neulinge an. Neben einem kleinen Pool im Untergeschoss, einem Darkroom und einem BDSM Raum, gibt es auch mehrere Spielwiesen, welche sogar bei Bedarf vor Blicken geschützt werden können. Es funktioniert und macht neugierig später alles selbst zu erkunden.

Wir lassen es langsam angehen, holen uns ein Getränk an der Bar und mischen uns unter die Feiernden auf der Tanzfläche. Die Bandbreite des Publikums und der Stilrichtungen ist groß, auch wenn in Summe eher wenig Gäste anwesend sind. Einige Herren sind dank ausgiebigem Workout selbstbewusst genug, stolz ihre wohldefinierten Oberkörper zu präsentieren und ich würde lügen, wenn es nicht einen ausgesprochen erregenden Anreiz hätte. Einige Damen wissen ebenfalls ihre Vorzüge sehr gekonnt in Szene zu setzen, was durchaus sehr erotisch ist und ich heimlich im Hinterkopf ein paar Ideen für meinen nächsten Clubbesuch sammele. Völlig perplex bin ich, als ich von einem sehr netten Gast angesprochen werde, ob ich zufällig ein

Profilbild mit genau dem Oberteil hätte. Auf den ersten Blick kann ich ihn leider nicht zuordnen, stimme ihm aber zu und er geht genauso zügig zurück zu seinen Freunden, wie er mich mit seiner geradlinigen Frage überrascht hat. Auch wenn es durch die hämmernde Beschallung schwierig ist Unterhaltungen zu führen, so haben wir drei Spaß zusammen, starten die ersten Annäherungen und holen die nächste Runde an der Bar. Wenige Schritte neben mir stehen zwei äußerst heiße Jungs am Tresen und hinter mir eine Dreiergruppe junge Männer, was mich postwendend daran erinnert den Bauch ein bisschen fester anzuspannen. Subtil spüre ich einige auf meine Brüste gerichtete Augenpaare, ziehe die Bänder meines Bodys nach, rücke die Brüste zurecht und sauge genüsslich am Strohhalm meines Drinks. Meiner Begleitung entgehen die an mir haftenden Blicke nicht, er legt mir demonstrativ die Hand auf den Po, haut um mich zu necken kurz drauf, nimmt mir den Drink aus der Hand und küsst mich. Und zwar so richtig. Intensiv. Meine weibliche Begleitung steigt in unser Spiel ein, schaut mich fragend an, legt ihre Hand auf seinen Hintern, dreht ihn zu sich und küsst ihn ebenfalls forsch. Ein leidenschaftliches Zungenspiel und wildes Begehren entspinnt sich zwischen beiden. Um beiden den nötigen Raum zu geben drehe ich mich dezent zur Seite und bleibe dabei fasziniert am Blick eines Gastes hängen.

Diese braunen Augen ziehen mich in ihren Bann, wir sagen nichts und doch so viel. Kurz darauf will ich es wissen. Da er direkt an der Schwelle zum nächsten Raum steht, fasse ich mir ein Herz, setze mein charmantestes Lächeln auf, laufe straight an ihm vorbei und gehe zu den Toiletten in den oberen Stock. Als ich zurück bin wartet er bereits unten an der Treppe. Ein simples „Hy" bricht das Eis, wir ziehen uns in den ruhigeren Raucherbereich zurück, holen uns ein Getränk und versuchen eine Unterhaltung. Die Lautstärke ist zwar geringfügig moderater, viel versteht man dennoch nicht. Das Knistern ist nicht zu leugnen, das Funkeln in den Blicken und zaghafte Berührungen heizen die Spannung nur noch weiter an. Mit Worten kommen wir nicht weiter, es ist mehr ein Gestikulieren denn ein verbaler Austausch. Wir scheinen den selben Gedanken zu haben, kommen uns einen Tick näher und forcieren das Kennenlernen kurzerhand auf die körperliche Ebene zu verlagern. Wie viel Zeit wir in unserer kleinen Blase verbracht haben kann ich nicht einschätzen, es scheint jedoch schon ein bisschen später geworden zu sein. Meine beiden Begleitungen kommen ebenfalls in den Raucherbereich, alle stellen sich kurz vor, wir genießen ein paar gemeinsame Drinks, kommen noch mit anderen ins Gespräch und finden uns plötzlich in einer tollen Gruppe wieder. Es ist mittlerweile gegen zwei und da sie gern nach Hause möchte rufen sich beide ein Taxi, er begleitet sie ganz Gentleman sicher nach Hause. Ich entscheide mich noch zu bleiben, genieße die lockere Atmosphäre und faszinierende neue Leute kennenzulernen. Auch wenn ich an diesem Abend die extravaganten Vorzüge dieser Location nicht ausgekostet habe, war es eine fulminante Nacht voller Mut, der mehr als belohnt wurde.

Gegen drei hole ich meine Jacke, rufe mir ein Taxi und während ich auf dem Fußweg in der Kälte warte, bekomme ich eine Nachricht. Von meiner unglaublich tollen Begleitung. „Ich hoffe wir sehen uns bald wieder. Hätte den Abend noch gern mit dir ausgereizt... Ich habe deinen Rotwein noch auf!" Während ich noch die letzte Zeile lese, hält das Taxi auf der Straße neben mir an. Ich steige ein, nenne ihr eine Adresse. Es ist nicht meine. Vor der Haustür stehend drücke ich mit wackeligen Knien auf sein Klingelschild ...

Sin(n)fonische

Ästhetik

Lyrik

Wo sind deine Gedanken?
Eile mir nicht davon!

Nimm mich mit auf die Reise
zu deinen wildesten Träumen.

Dein Kuss ein Versprechen auf deine Lust,
Sehnsucht zieht zu dir,
Untermieter auf unbestimmte Zeit.

Ein leidenschaftlicher Tanz auf der Grenze der Moral.

Mit jedem Lächeln betreten wir Neuland,
leicht werde ich unter deinen Berührungen.
Jeden meiner lüsternen Blicke
fixierst du mit deinem lasziven Wimpernschlag.

Meine Lippen begehren,
fordern mehr.
Fingerspitzen erforschen,
erbitten Freigiebigkeit.
Dein Körper wölbt sich,
Verlangen bricht sich bahn.

Genieße das Wagnis deiner Unsicherheit,
erfreue dich am Unerforschten.
Willkommen in der Leichtigkeit.

Ich will alles.
Ich will es jetzt!
Geduld ist etwas für Geduldige.
Ich bin für Bescheidenheit zu schamlos.
Ich will alles.
Ich will es jetzt.
Ich will dich.
Hier und Jetzt.
Sofort!
Längst überfällig....

Mut,
wenn Haut prickelt,
jede Berührung nach mehr verlangt.

Im Takt der Bewegungen
pressen wir unseren Atem.
Zuweilen ein Stöhnen,
ein Seufzen,
Blicke verschwimmen.
Sprudelndes Rauschen,
stetig neue Wellen,
zuckende Schenkel.
Ohne Raum,
ohne Zeit.

Unendliche Weite von Lust.
Hineinlernen.
Hineinfühlen.
Kraftvoll.
Unabdingbar.

Unser Staunen grenzenlos,
weil Wirklichkeit der Sehnsucht
sprachlos begegnet.

Raus aus dem Alltag.
Hin zu den Orten der Abenteuer.
Innehalten.
Keine Kompromisse.
Kein Heute,
kein Gestern,
kein Morgen.
Nur dich und mich.
Unsere Lust,
unsere Nähe.

Im Takt tanzender Finger.
Meine Hände werden dich liebevoll umfluten,
sanftes Beben,
behutsames verweilen.
Fingerkuppen hinterlassen feuchte Spuren.

Erfüllen will ich dich
mit dem Takt meiner Finger.
Umhüllen, umkreisen.
Pure Lust, pure Leidenschaft.

Mach mich verlegen,
raub mir die Luft,
nimm mir die Sinne,
küsse mir den schweren Atem fort,
halte mich fester,
mache mir glauben,
dass ich dir gehöre.

Zueinander,
Ineinander.
Absolut eins,
im Moment.
Zärtlich sein,
nah sein.
Begierde einsaugen,
eins sein.

Eintauchen in die Lust,
hineinfallen ins Vertrauen,
Fantasien ergründen,
Lust des Reizes.

Nur Gedanken,
nur Lächeln,
nur Hände,
nur Augenblicke,
nur Lippen,
nur Nähe.
Ohne Worte.

Mitten hinein ins Wagnis
zwängt sich eine Phantasie.
Finger hinterlassen vage Spuren auf der Haut.
Im Gleichklang bewegen wir uns fortwährend,
einem weiteren Höhepunkt entgegen.
Im Wunderland der Lust
begeben wir uns auf eine lange Reise.
Gleitet die Dunkelheit der Morgenröte entgegen.

Unverstellte Lust,
unaufhaltsam seufzend.
Bis mir von dir schwindelig wird.
Lautloses explodieren,
erlösend die Zeit danach.

Bis ich nichts mehr wahrnehme,
bis ich nur noch an dich denke,
bis die Wellen über uns brechen.
Fast erschrocken,
halten wir für einen Moment inne.

Die eleganteste Form der Verführung.
Leichtsinn leichter als leicht.
Zwischen Kissen und Küssen.
Deine unberührte Erregung.

Behutsam wandele ich auf Zehenspitzen.
Spüre dich mit jedem Wort auf meiner Haut.
Schmiege dich in mein Gedächtnis.

Ein Hauch hier,
ein Lecken da.
Unglaublich.
Unfassbar.
Unbeschreiblich.

Umnebelt der Duft,
atme dich ein.
Augen geschlossen,
mit Worten fesselnd.
Augenblicke bewahren.

Wünsche hemmungslos.
Glückseligkeit verheißend.
Strom der Zufälligkeiten.
Staunen bleibt einzigartig.

Unverschämt lüsterne Körper.
Unverstellte Lust der gemeinsame Nenner.

Songs

Interpret	Titel

LOW

Ludovico Einaudi	Experience
Lstn	Oceans of love
Avaion	Pieces Acoustic Version
Declan J Donovan	Pieces
Nora En Pure	Enchantment
Ash	Una Mattina
Benjamin Amaru	You don´t know
Nora En Pure	Come with me
Hugel, Mishaal, LPW	Can´t love myself
AVEC	Under Water
Shallou, Colin	count on
Klangkarussell, GIVVEN	Ghostkeeper
Avaion	Love again
Tobias Bergson	Better together
Luca	Above the clouds
Ash	About life

MIDDLE

Klangkarussell, Will Heard	Moments
Elderbrook	Numb
Elderbrook	Talking
COLIN	SWIM
Gorgon City, DRAMA	Nobody
Tobias Bergson	Voices
KREAM, RANI	Go somewhere
PALASTIC, LissA	Caught in a dream
Y.V.E. 48, Loé	Alone with you
Kaskade	Where did you go
PLÜM	Flower

Interpret	Titel
Klangkarussell	Home
Nora En Pure	All I need
David Puentez, FAST BOY	Drive all night
Mauve	Here comes the sun
Nora van Elken, Y.V.E. 48	All night Long (Y.V.E. 48 Remix)
Regard	Ride It
Robin Schulz, Dennis Lloyd	Young Right Now
Jerro, Sophia Bel	Demons
Glass Animals	Heat Waves
Alle Farben, KIDDO	Alright
Avicii	Heaven
Regard, Kwabs	Signals
Tobias Bergson	Love forever
PLÜM	Sensation
Tujamo, Kelvyn Colt	Taking you home
Y.V.E. 48	Waiting for you

BEAT

Tinlicker	Paradise
Lucky Luke	Cooler than me
Tove Lo	Habits (Stay High)
Pascal Letoublon, Leonie	Friendships (Lost my Love)
MEDUZA, Hozier	Tell it to my heart
Glockenbach, ClockClock	Brooklyn
Glockenbach, ClockClock	Redlight
Kygo, Avicii, Sandro Cavazza	Forever Yours (Avicii Tribute)
SAINt JHN, Imanbek	Roses (Imanbek Remix)
Lost Frequencies, Calum Scott	Where are you now
ATB Topic A7S	Your Love (9PM)
Tinlicker, Helsloot, Hero Baldwin	Tell me